자취
요리왕

자취요리왕 2

초판 1쇄 인쇄 2023년 2월 21일
초판 1쇄 발행 2023년 2월 28일

지은이 가위
펴낸이 김문식 최민석
총괄 임승규
기획편집 박소호 김재원 이혜미 조연수
김지은 정혜인 김민혜 명지은
디자인 문성미
제작 제이오

펴낸곳 (주)해피북스투유
출판등록 2016년 12월 12일 제2016-000343호
주소 서울시 성북구 종암로 63, 5층
전화 02)336-1203
팩스 02)336-1209

ISBN 979-11-6479-862-9 (04810)
979-11-6479-860-5 (세트)

- 뒹굴은 (주)해피북스투유의 만화 브랜드입니다.

글·그림 가위

자취 요리왕 2

덥썩
아, 오징호.
오랜만이다.
당연히
오랜만이겠죠.
계속 저
피했잖아요.
무슨 소린지
모르겠는데.

…
인터뷰한 거
내보내지 마세요.

왜?
계약서 썼잖아.
내보내면
저 욕먹을 거예요.
그거야
모르지.
진짜
모르세요?

욱해서 이상한 말 한 건 제 잘못인데,

피디님도 저 놀린 거잖아요.

근데 그 후로 피디님이 저 피해서, 전 잠도 잘 못 자고 경연도 망쳤어요.

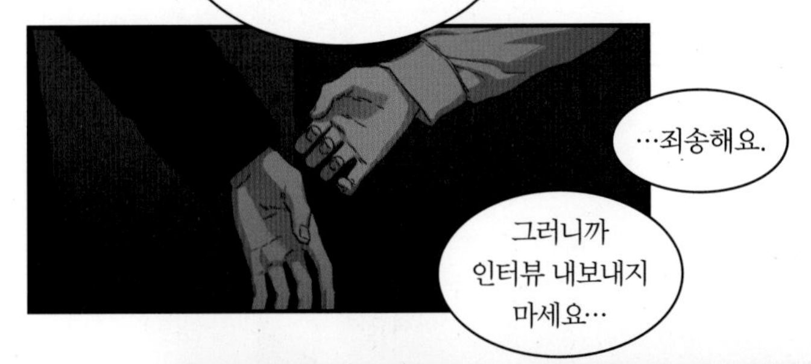
이런 거 아무렇지 않게
넘길 수 있을 정도로
가벼운 마음으로 나온 거
아니에요…
…죄송해요.
그러니까
인터뷰 내보내지
마세요…

…

…아,
타다다—

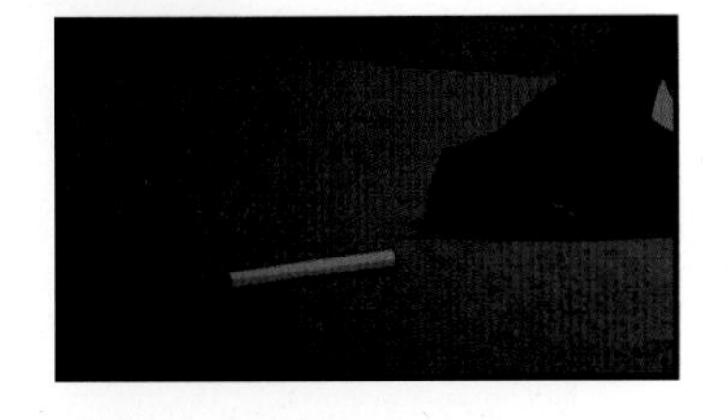

땡
10층입니다.
으음…
…

울었어?
…

너 이렇게 알쓰인데
이 험한 세상 어떻게
살아가려고 그러냐?

왜 울었어?
운 건 아니고
울 뻔한 거야.
왜?
내가 너 존나
잘생겨서 좋다고
인터뷰했거든.
뭐야,

인터뷰한 게
그거야?
그게
울 일이야?

…아니야?

난 좋은데…
인터뷰 나가서 사람들 다 봤으면 좋겠는데.
미쳤어…?
뭐가 좋아…
뭐가 좋냐고…
알았어,
알았어.
안 좋아.
미안.
안 좋아.
그거 알아?
니가 울면 니가 바보 같아야 되는데 내가 바보 되는 것 같아.
니가 바보 같은 거 내 핑계 대지 마.
네.
내일 술 깨면 기억도 못 할 거면서.

난 여기에 너랑
계속 있고 싶다고.

있고 싶어…

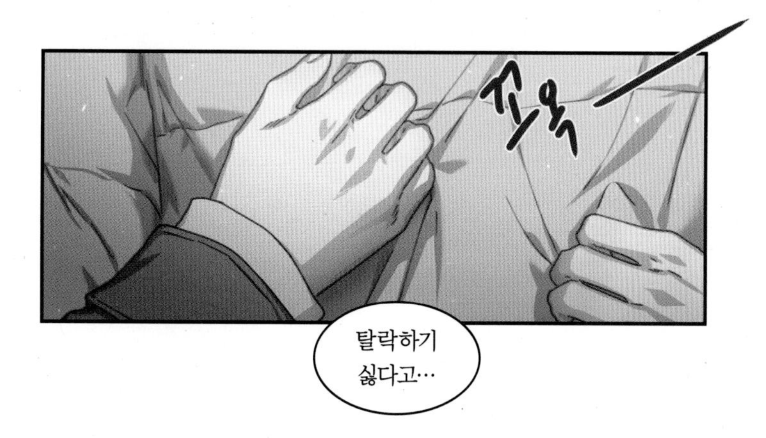

탈락하기
싫다고…

정지호!

어, 어…?

애비 에미한테 말도 없이 그, 그…

자취왕요리를 나가?!

채널 돌리다가 TV에서 자식 얼굴 나오면 얼마나 놀라 자빠지겠어?!

미, 미안…

근데 말하면 못 나가게 했을 거잖아.

어?!

당연하지!

어디 허락도 없…

…

니 엄마가 바꿔달란다.

아, 왜!

아빠가 전화했으니까 아빠랑…!

정지호.

으응…
너 거기
상금 타려고
나갔어?
돈 필요해서?
아니야…
나
요리 좋아해…
엄마가 항상
말했지.
너 그 고양이
책임질 능력
없다고.
…
무작정
데려와서 키우면
다 되는 줄 알아?
능력 안 되면
너는 너대로,
고양이는 고양이대로
힘들어.

엄마, 나…
나는 밥 안 먹어도
현호는 먹여.
내가
책임질 수…
니 밥도
안 챙겨 먹는 게
정상이야?
엄마 아빠는
그런 말 들으면
속이 안 썩겠어?
뼈 빠지게 등록금 벌어서
대학 보내놨더니 제 밥 안 먹고
고양이 밥이나 챙긴다는
소리를…
어휴…
고집 그만 피우고
고양이 다른 집에 보내.
싫어.
밥을 먹든 안 먹든
무슨 상관이야!
그리고 나 여기서
우승할 거야.
그럼 되잖아.

니가 우승하겠다고 하면
무조건 우승해?!
너 엄마가
자취방 처들어가서
고양이 다른 집에
줘버리기 전에…!
아, 몰라몰라.
엄마 아빠한테
손 안 벌리니까
걱정 말고 신경 꺼.
끊을래.
야, 정지ㅎ…
뚝

하…
짜증 나…

넌 최근에
엄마 아빠랑 싸운 적
있어? 어…
어…
있지.
뭐 때문에?
아빠가
네팔 가자고 했는데
내가 싫다니까
여기 내보낸 거?
그거참…
큰 고민이겠네…
…
왜?
엄마 아빠랑
싸웠어?
항상 싸우지 뭐…
뭐 때문에?

그게…
정지호!

…
네, 안녕하세요.
홱—

잠깐만.
얘기 좀 했으면 하는데.
…왜요.
뭔데요…
잠시만 나 좀 보자.
여기서 하세요…

둘이서만
얘기했으면
좋겠는데.

또
뭔 개소리를
하려고…
왜요…
그럼 다음에
해요…

가자…

...

미안해.

네?
미안하다고.

미안한 거 맞아요?
맞아.
그러니까 화내지 마.
…미안하면 인터뷰 내보내지 마세요.
아, 그거.
당연히 안 내보내지.
너 놀리려고 장난쳐본 건데
너무 심각하게 받아들여서 당황했잖아…

그, 그럼 계약서 썼냐느니
내보내면 왜 안 되냐느니
쌉소리를 하고,
그렇게 절 피해 다녔던 게…
그거야 니가 먼저 나 피하니까 심술 나서 그런 거지.
내가 악편이나 하는 싸패인 줄 알아?
날 어떻게 보고 있었던 거야.
심술 나서 그랬다구요?
응!
피디님,
혹시 집안에 탈모 있어요?
탈모?
음, 아니…
왜?

그럼 이참에
경험해보세요.
슥

덥썩

…

애초에 피디님이 그날 이상한 말 한 게 문제잖아요!
무슨 이상한 말?!
다른 애랑 썸타지 말라는 거?

아으아아악!
…

그게 이상한 말인가?

이상하죠.
누구랑 썸타든 자기 마음 아닌가.

그래?

네.

가, 가, 가,
가자!
이 사람이랑
잘못 엮이면
머리 깨져…
그럼!
우리 이제
화해한 거죠?
다음 촬영 때
봬요!
…
후닥-

하-
그 피디
너한테 왜 그래?
…
나 폰 하고
있는 거 안 보여?
나중에
치덕거려!
너한테
왜 그러는데?
그날 무슨 말
했는데?

몰라.
나도 그날 제정신이 아니어서 잘 기억 안 나.
음…
잘생긴 게 어쩌고…
너 나 좋아하는 거 아니었어?
썸이 어쩌고 했던 것 같은데…
걔랑 썸 타지 마.
질투 나잖아.
…이건 그냥 말하지 말자.
…

아 씨바
이 초딩 새끼
어떡하지.
별것도 아닌데
상관없잖아!
…
…원래 피디님
이상한 사람이라서
이상한 소리
자주 하…
…
울먹..
짜증 나…

내가 키스까지
하는 거
너밖에 없는데
다른 사람이
무슨 상관이야?
…
그럼 오늘도
거르지 말자.
뭐?!

쪽
으응…
미친놈…

츄
츄
…
스극

씨익

쪽

쭉
…싫어.

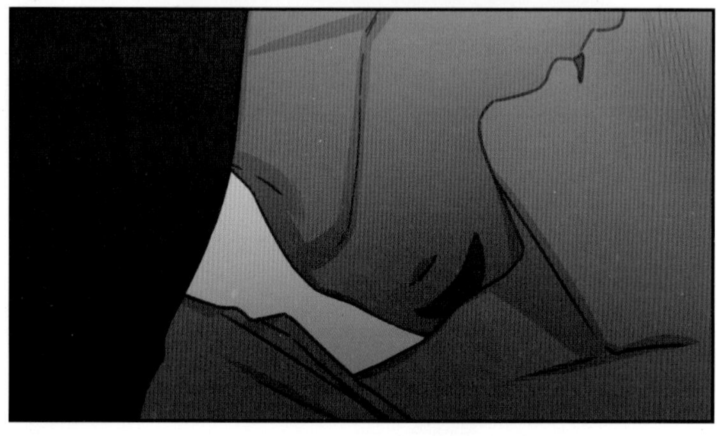

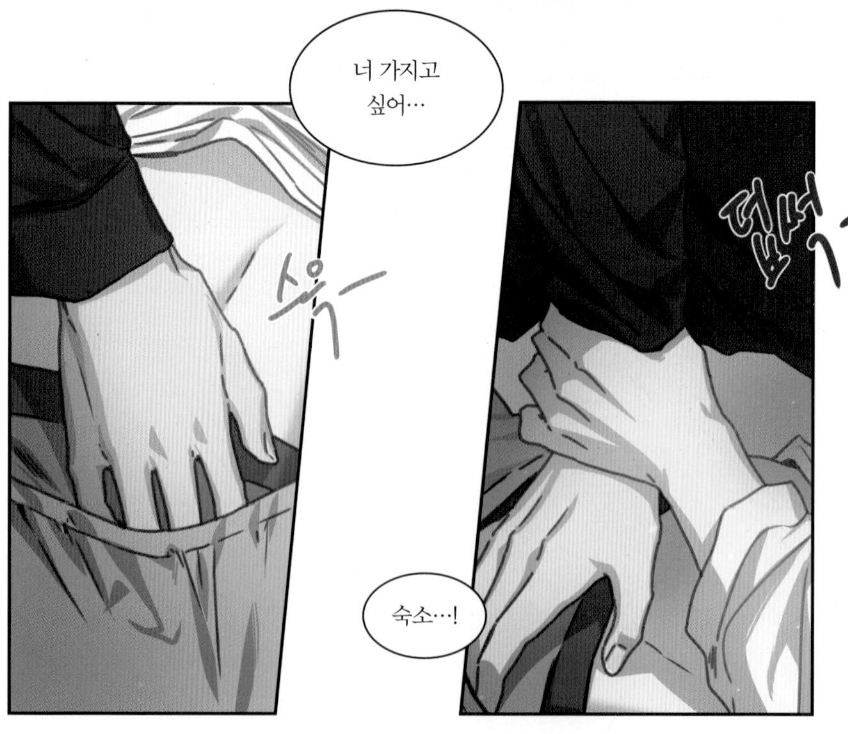
너 가지고
싫어…
스윽
덥썩
숙소…!

숙소잖아…!
…
걱정돼?

걱정돼서
그러는 거야?

그럼
싫진 않은 거네.
아…!

진짜 미쳤나 봐.
하아…
어디까지…
야, 정지호!
내 헤어 에센스
어디 놔뒀어?!
으…어, 어…?!
헤어 에센스…
니 방
첫 번째 서랍에!
두 번째 서랍에
넣어놓으라고 5천 번
말했어억!
미, 미안…!
…
하… 씨발.

둘만 남으면…

어쩔 건데…?

…

그렇게 일곱 번째 경연의 날이 다가왔다.

소중한 광인.
LOVE
일곱 번째 경연 날
ㄴ 이때다 싶어 머리 하고 안경 바꿈
째릿-
째릿-
…
…
요즘 우리 참가자들
인기가 아주 대단합니다!
특히 최근,
변광인 참가자의
아픈 사연에
같이 눈물을
흘린 시청자들이
많다고 하는데요.
그래서
오늘 준비한 것이
있다고 합니다.
변광인 참가자,
뭘 준비하셨죠?
핫,
저… 음.

(관심이 적응 안 되는 수줍은 훈남인 척)

(기타 치는 수수한 인디 훈남인 척)

(잘 부르진 않지만 기교 없이
깔끔하고 살짝 어설픈 창법 구사)

그렇게 한바탕 변광인의 훈남쇼가 끝나고
잠시 쉬는 시간…

다음 주에 바로
뭐든 던져야 한다.

피디님…

아, 정지호네.
스윽—

약삭빠르긴.
나보다 먼저 딜을 걸어?
…
박관종이 뭐래요?
말하지 말라던데…
다음 주에 춤춘대요?
…
ㅅㅂ…
저도 다음 주에 춤출래요…!
아니, 노래를…
아니,
악기를…!
리코더 불면서 춤출래요!

그게 뭐야…
너 오징어갑에서
징징이갑 될 거
같은데…
…별로예요?
응.
그럼 뭐 하는 게
좋을 거 같아요?
춤은 저번에 춰서
임팩트가 떨어질 텐데…
글쎄…
바로 정하지 말고
며칠 고민해봐.
생각해보고
다음 경연 전에
나한테 알려줘.
아, 네…
그럴게요…
…
따로 연락 줘.
니가 아는 번호는
제작진 공용 폰이야.
거기로 연락하면
좀 그러니까,
내 번호
알려줄게.

정하면
여기로 연락해.
이 번호는
바로 확인하니까.
…하,
이거
작업이야…?
너무
노골적이네.
알았어요.
최우혁 지랄하니까
적당히 받아주고
철벽 쳐야지.
줘보세요.
010-1818-2828
…
이딴 번호가
작업용일 리가…^^

연락해.
네, 네.
피디님.
…
이거 말인데…

다시 본격적 경연 시작
벌써 자취요리왕 일곱 번째 경연의 날이
오고 말았습니다.
대망의 일곱 번째 경연 주제는
과연!
무엇일까요?!
바로 지금 공개합니다!
에어 프라이어
* 협찬
헐…
요즘 1인 가정뿐만 아니라 모든 대한민국 가정의 필수품으로 자리 잡은 에어 프라이어.
에어 프라이어를 이용해 가장 간편하고
맛있는 요리를 만들어주시기 바랍니다!
나는 항상 1등 언저리까지만 가봤지 1등을 해본 적은 없는데,
이쯤 되면 1등을 꼭 해야 기세를 탈 것 같아 오늘은 꼭 1등을 하고 싶었다.

때문에 어느 때보다 경연에만 집중했다.

1등의 각이 예리하게 서!

노력한 만큼 요리도 잘했는데,

이 두 명의 참가자 중,

오늘의 1등이 있습니다.

그럼 이제
탈락자 결정전에
와아아…

…
축하해…
홱—

작작 좀
잘해…

그러나 그날의 이슈는 따로 있었다.

눈물나는 사연으로 현재 최고의 화제성을 얻은 변광인이
탈락할 위기에 봉착했다는 것이다.

탈락자 결정전 주제는

에어 프라이어로
치킨 만들기!
였다.
광인님 화이팅~
힘내요!
잘하셨어요.
…

오븐구이 닭 같기도 하고,
옛날 시장 통닭 같기도 한 것이
신기한 맛이네요.
그런데 맛있어요.
전분 가루 때문인지,
육즙을 잘 가둬서 퍽퍽하지
않고 맛있습니다.

역시 무난하네요.
어느 치킨집을 가도 먹을 수
있는 프라이드 치킨 같아요.
그런데 진짜 기름에 튀긴
프라이드 치킨을 잘하는 곳이
아주 많은데, 굳이 이걸 먹어야 하는
메리트가 있는지는 모르겠네요.
에어 프라이어의 특성을
살려 차이를 뒀어야 해요.

헐…
설마…

오늘의 탈락자는
바로!
자취요리왕
바로!

설마…

변광인
참가자입니다.
…

변광인은
지금 안 떨어트릴 줄
알았어.
그러게.
철저하게 맛만
봤나 봐.
…
광인 씨
수고했어요.
수고했어요…

피디님.
드릴 말씀이
있는데요,
왜 제가
떨어진 건지
납득이 안 됩니다.
?
요리를 못했으니까
떨어졌죠.
먼저 제가
그렇게 차이 나게 못했다고
생각하지도 않구요,

왜 나한테 그래요…

떨어트린 건 심사위원이랑 시식단인데…
지금 상황이라면 절 떨어트리는 게 프로그램 측에서도 손해일 텐데요.

어차피 프로그램 총괄자는 피디님 아닌가요?
그러니까, 어차피 예능이라는 게 편집으로 좌지우지되는 건데
요리를 조금 못했다고 떨어뜨리는 건 웅앵…

요리 프로그램 이잖아요.
그건 압니다.
아는데,

요리 프로그램 이전에 예능이잖아요.
저는 지금 떨어지면 안 되는 서사를 어쩌구저쩌구…

그러니까 요리를 잘하지 그랬어요.
아니, 그러니까!

그건 사람이
잠깐 실수할 수도
있는 거고!
프로그램 흐름상
절 붙였어야죠!
왜요?
그거야
전 지금 인기가
있으니까요!
그래도
요리 서바이벌인데요…
요리가 여론보다
중요합니까?!
그러니까 말이에요.
잘하지 그랬어요.
피디님,
파이팅!
…

우린 너무 달라
위 쏘 디프런트~
우우우우우~
탈
탈
?
휙
우혁 오빠
그만 이용하세요.
…?
솔직히 최우혁은
님이랑 친한 척 안 해도
혼자 잘하잖아요.
1등도 몇 번 했고
이미 우승 후본데,
괜히 우혁 오빠 이용해서
팬덤 굳히려 하지 말고
알아서 살아남으라고요.
알았어요?

아…
아…
너 뭐라고
씨부렸어!

후다닥

오빠, 저년 말
신경 쓰지 마요!
하던 대로
해요!
파이팅!

…
개썅년아
아악!
나 호모 해야 돼

…
오늘은
오래 버티네…
난…
탈락하고
싶지 않았다…
내가 떨어지고 싶지
않았던 이유는…
정지호
너 때문이다…
네?
왜요?
근데 변광인은
어디 있지?
내게 서슴 없이
말을 걸어준 사람은…

너밖에 없다…
넌 내가 무섭지 않은 건가…
?
귀신 씨가 뭐가 무서워요.
무섭다고 하면…
이 정도는 되어야…
난… 너와 친해지고 싶었다…
하… 누가 안 그렇겠어요.

…

솔직히 최우혁은
님이랑 친한 적 안 해도
혼자 잘하잖아요.
1등도 몇 번 했고
이미 우승 후보던데.
괜히 우혁 오빠 이용해서
팬덤 굳히려 하지 말고
알아서 살아남으라고요.

너야말로
내가 왜 좋아?
나랑 붙어 있는 거
너한텐 득 될 것도
없는데…

잠시 나갔다
올게요.

어차피 우승은
한 명이고,
어떻게 올라가든 잘하는 사람이
올라가는 게 맞지.
근데 왜 간절하지도 않는 놈이
그렇게 잘하는 걸까…
내가 잘하면
다 해결되는 일인데
그게 어려운…

…
보통 이럴 땐
피디님이 나타나던데.

척 척

왜,
나 찾았어?
피디님…
저 우울해요…

왜?
갑자기 프로그램의 근본적인 성격이 실감돼서요.
요리를 잘하는 게 첫 번째라는 거요…
서바이벌이지만 예능이기도 하니까,
그동안 참가자의 인기나 서사 같은 거에만 너무 집중했거든요.
나도 봐, 그런 거.
근데 왜 변광인이 떨어졌어요?
아, 상관없어.
어차피 다음 주에 패자부활전이거든.
네?!
까 아
불쌍한 놈이 떨어져서 더 불쌍해졌는데 패자부활전에 다시 나타나는 게 더 드라마틱 하잖아.

떨어졌으면 그만이지
또 패자부활전을 왜 해요?!
그래야
재밌잖아.
ㅎㅎ꿀잼
아, 짜증 나.
어떻게
떨어뜨렸는데.

…
저도 변광인 같은
사연이라도 있었으면
어땠을까 싶어요.
직계방계 관혼상제
다 팔아먹어야
할까 봐요.
그래도 생각나는 게
없는데…

…
너도 있잖아.

?
네?

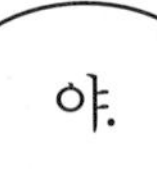
야.

...
비틀
비틀

턱
얘가 취한 거
같아서요…
데리고 갈게요.
?
너 취했어?
그런것
같기도 하고…
완전
제정신 같은데.
아니,
취했어…
어…?
어…
…
제작진이
자꾸 일개 출연자랑
사적인 대화 해도
돼요?
왜, 왜 또
지랄이야…?!

왜 안 되는데?

제가 얘 좋아하는데
자꾸 피디님이랑 친해지는 것
같아서 기분 나빠요.
…

…
분위기
왜 이래…

대화 몇 번 한 거 가지고
되게 예민하게 구네.

그럼 안 하면
되잖아요.

니 마음에 안 든다고
하지 말아야 해?

네.

니 마음만 있어?
내 마음도 있어.
제 마음이
더 중요한데요.
아닌데.
맞는데요.
아닌데.
맞는데요.
아닌데.
시발 뭐 하냐…
수준이
맞는구나…
맞는데요.
아니라고.
맞다ㄱ…
그만해.
이럴 거면
둘이 살아라.
…
야, 넌 내 편
들어야지.
우리가 키스를
몇 번이나 했는데.

그리고 우리 저번에
완전 끝까지 할 뻐…
돌았어?!

얘 좋아하세요?
읍-

…

뭐야.

아무튼 넌 나랑 집에 갈 거야…
질
으읍으
질
안녕히 계세요.
으브르므
(시발럼아)
으그느으르그
(이거 놓으라고)
!
퍽—
아야…

야!
넌 저 인간이 너한테 앙심 품으면 어쩌려고 자꾸 건드려?!
편집 하나로 누구 보내버릴 수 있는 인간인데!
하라고 해…
욕먹고 떨어지지 뭐…

휴…
속 편해서 좋겠다.
난 저 사람 맘에 안 들어.
떨어지는 거 무서워서 비위 맞출 생각도 없고…

내 마음대로 할 거야…
넌 누가 봐도 안 떨어지잖아.
너도 아니까 그렇게 막 나가는 거지?

그런가…
니가 그렇다면 그렇겠지…
누군 안 떨어지려고 별짓을 다 하는데.
그래… 정지호 떨어지면 안 되지…
나 다음 주엔 못 할게.
니가 1등 해.
개소리하지 마.
뭐가 개소리야.
너랑 여기 오래 있을 수 있으면…
실수하고,
져주는 거…
다 할 만한데…
…
너 이럴 때마다 진짜…

휴-
방금 재수없어서 죽일 뻔한 거 알아?
툭—
…미안.
너 아까 나한테 간접적으로 고백한 건 알아?
아, 맞다.
근데 너 알고 있었잖아.
뭘 새삼…
야, 그냥 알기만 하는 거랑 입 밖으로 꺼낸 거랑 다르잖아.
어떤 부채감 같은 게 생겨버렸다고…
안 그래도 머리 복잡해 죽겠는데.

…잊어버려.
다음에 제대로
다시 하면 돼.

붕신…

알았어…

!
!
푹—
푸왁

쾅
…
… 라면이나 먹자.

당장은 다음 주에 뭔 짓을 해야 눈에 띌지 고민해야 했다.
…
댄스도 나왔어.
노래도, 악기도 나왔어.
남은 건,
랩이다.
아무것도 안 할 걸 해야 새롭지.
마침 난 박자감도 있으니까 랩이 답이다.
왜 진작에 이 생각을 못 했지?
이걸로 간다.
득
요즘 잘나가는 랩퍼가…

탁 타닥
요즘 유행하는 랍
…
탁 타닥
자취요리왕
…
헐…!
https://www.fkjvhsfjsdi.com/8765467687
자취요리왕2 변광인 친구 sns에 올라온 의미심장한 글
오늘 새벽에 올라온 누군가를 저격하는듯한 sns…자취요리왕 보시는 분 무슨 의…

모두가 알다시피 내 오랜 친구 광인이가 프로그램에서 힘든 사연을 이야기했다...예전부터 힘들어도 힘들다고 말하지 않는 아이라 걱정을 많이 했는데...얼마전 연락을 한 그 녀석은 생각보다 덤덤한 목소리에, 오히려 아버지께 공개적으로 사죄할 수 있어 짐을 덜은듯하는 말만 했다. 그러나 친구가 다른것때문에 그렇게 힘들어할줄은 상상도 못했다...촬영장에서의 인간관계...그런게 대체 뭐라고...체구가 작고 온화한 성격이라 예전부터 알게모르게 무시를 당해왔는데 여전히...휴...제작진들. 당신들이 갑이라고 그러면 안됩니다. 그 친구는 어디가서 무시당할 그런 녀석이 아닙니다. 좋은 인연은 금보다 귀하다했건만...아무튼 풀이죽은 친구의 목소리를 들으니 마음이 아픈 건 어쩔 수 없어...자신이 탈락하더라도 오롯이 자기 탓이라고 하던 바보같이 착한 녀석...친구야 걱정하지마! 너를 응원하는 사람이 더 많다! 곧 내가 맛있는 밥 한번 사마! 사랑한다 친구야!

whRkfk_ 하고싶은 말...

...

ㄴ 변광인 탈락함?
ㄴ 뉘앙스가 그런것같은데...
ㄴ 제작진이 몰 햇다는걸까용?? 대놓고 무시햇다는고? ㄷ
ㄴ 이런거 밝히면 계약위반 아닌가
ㄴ 직접적으로 말한것도 아닌데 상관없지않나
ㄴ 이거 진짜면 공론화하고 해명 필요하다고 봅니다.

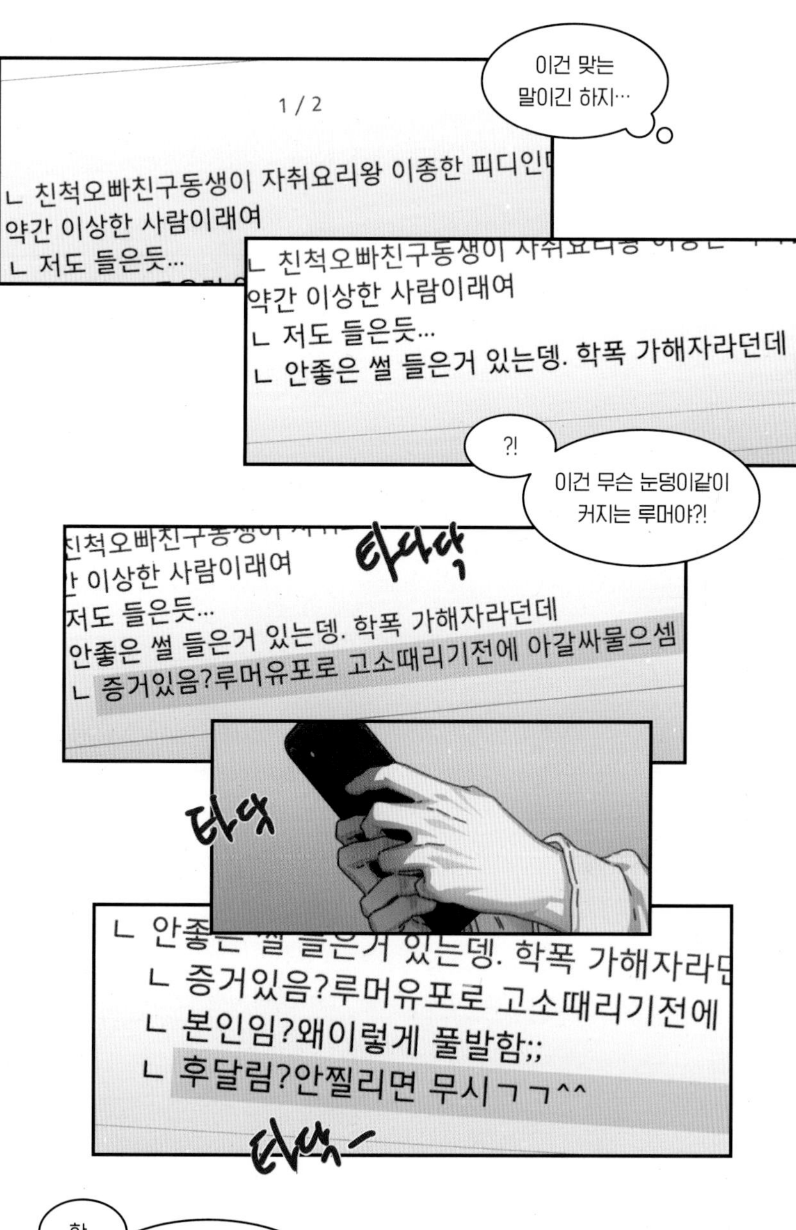
1 / 2
이건 맞는 말이긴 하지…
ㄴ 친척오빠친구동생이 자취요리왕 이종한 피디인데
약간 이상한 사람이래여
ㄴ 저도 들은듯…
ㄴ 안좋은 썰 들은거 있는뎅. 학폭 가해자라던데
?!
이건 무슨 눈덩이같이 커지는 루머야?!
타다닥
ㄴ 증거있음?루머유포로 고소때리기전에 아갈싸물으셈
타닥
ㄴ 본인임?왜이렇게 풀발함;;
ㄴ 후달림?안찔리면 무시ㄱㄱ^^
타닥-
핫-
내가 왜 이 사람 실드를 치고 있는 거지…

랩 연습이나 하러 가자~
쌩

중얼
중얼
팍-
…
아… 방에서
뭐 했어?
그냥 이것저것
했어.
아, 그래…
음…
아… 혹시 지금 타이밍
보는 건가…
머리 안 감음
지금
거지꼴인데…

*광호(狂虎, 미친 호랑이) : 10분 전에 만든 정지호의 랩 네임

발악
난리
발광
… 그냥
고백하지 말까…
하아-
하-
어때?
어쭙잖은 스타일
따라 하기보다
정통 웨스턴 스타일의
트랩을 구구절절…
…너랑
안 어울리는 거 같아.
…정말…?
그렇게 별로야?
아니, 넌 잘했는데
사람들이 너를 보는
이미지랑 다르달까,
니가 힙찔이 스타일은
아니… 착하게 생겼잖아.
(최대한 좋게 말해주는 중…)
그러니까
니 팬들이 실망할 수도
있을 거 같아서…

오히려 넌…
귀여운 쪽이 어울릴 것 같아.
미쳤어?
니가 보고 싶은 거 말하지 마.
진짜 고백하지 말까…
…진짜 그렇게 별로야?
응.
알았어.
그럼 두 개 다 연습하지 뭐.
어…

나… 편의점에 우유 사러 갔다 올게…

저 멍청한 놈 옷도 안 입고 가?

혼자 오버하고 지랄이야…

다음 경연이 패자부활전이라 이번주에는 클래스 대신
참가자들 위주의 스페셜 인터뷰 등이 있었다.

공식 SNS에서
참가자들에게 궁금한 점이나
응원글 등을 추첨해서 답변하는
이벤트를 했어요.
시청자들이 올려준 글 중에
많이들 궁금해하는 것들이나
재밌는 것들에 답변하는
시간을 가질게요.
네…
웅성
바쁨
…피곤해 보이네.
…
그날
잘 들어갔어?

아, 네.
피디님은요?
나도 잘 들어갔어.
다음 주엔 뭐 할지 생각해놨고?
두 개 정도 고민 중이라서,
일단 두 개 다 연습 중이에요.
그래, 정하면 알려줘.
그리고…
우혁이가 취해서 막 지껄인 건 무시하세요.
걔 원래 술 마시면 정신 못 차려요.
제가 대신 죄송해요…
…
…!

헉, 코피!
피디님
코피 나요!
아,
왜 그래?
코피 나요?
휴지!
괜찮아.
화장실
갔다 올게.

질문 내용은 거의…

호모 유도성 질문이었다.

그러나 나는 비게퍼 경력자답게 당황하지 않고
그들이 원하는 적절한 답을 주었다.

자세한 건
방송으로 확인하세요.

…

덥썩
쪼옥

탁

꺼져!

…

너에게
애교 부려~
아이쿠
냥냥냥냥
냥~

쿵
…
이렇게까지
해야 하나?
이렇게 자아를
폭행하면서까지?
아니야…
현호를 생각하자.
지금은 똥오줌
가릴 때가 아니야.

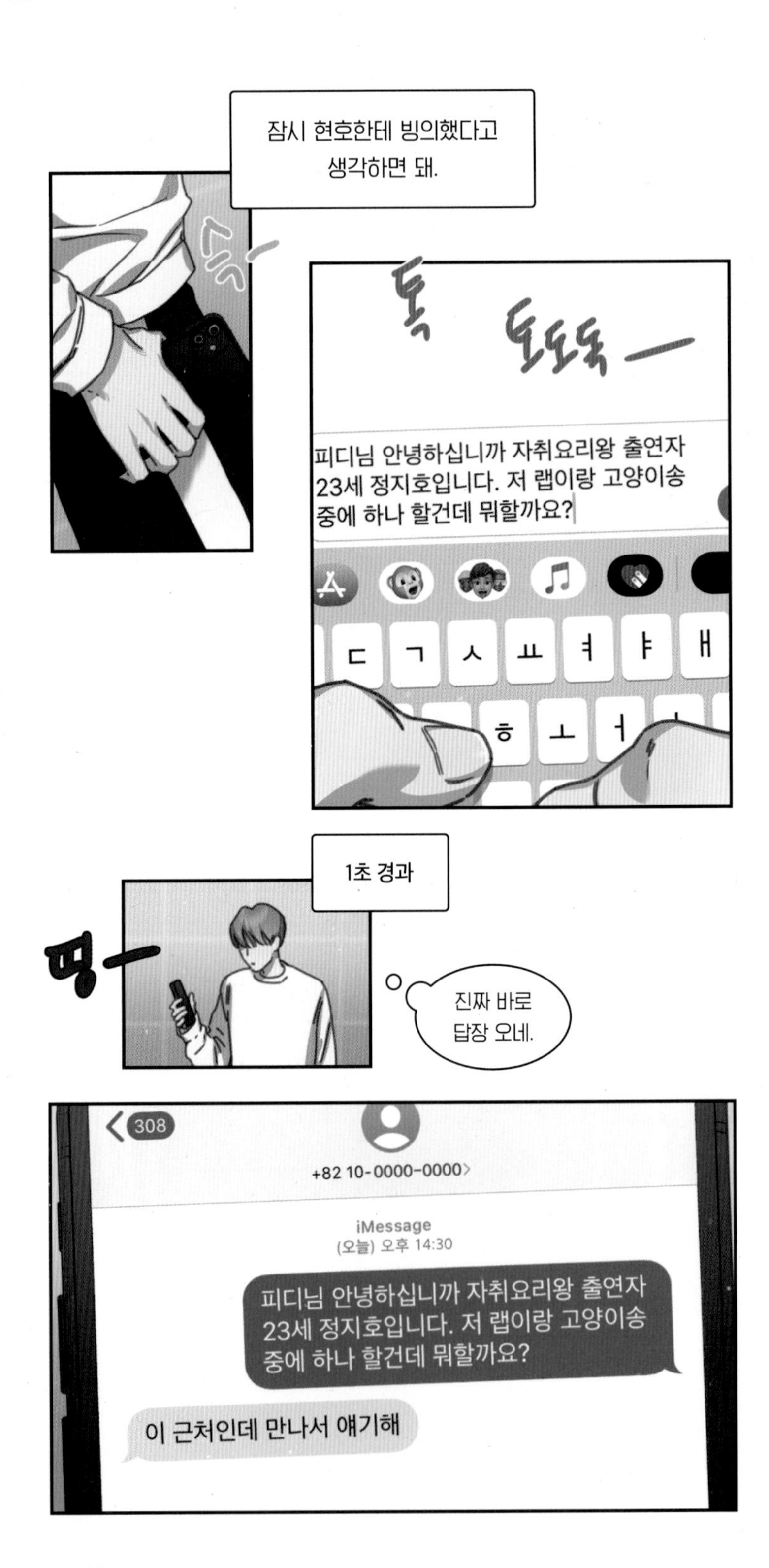
잠시 현호한테 빙의했다고
생각하면 돼.
스윽
톡
토도독
피디님 안녕하십니까 자취요리왕 출연자
23세 정지호입니다. 저 랩이랑 고양이송
중에 하나 할건데 뭐할까요?
1초 경과
띵
진짜 바로
답장 오네.
308
+82 10-0000-0000
iMessage
(오늘) 오후 14:30
피디님 안녕하십니까 자취요리왕 출연자
23세 정지호입니다. 저 랩이랑 고양이송
중에 하나 할건데 뭐할까요?
이 근처인데 만나서 얘기해

피디님!

안녕.

일단
랩을 들어보자.
코인
노래연습장

파워
랩핑

탄식
…

냥냥냥냥냥
ㅅㅂ…
…

누가 우리
알아보면 어쩌죠?
자의식 과잉
오지네.

엄념념
나도 모르는 사이
데이트 코스 밟은 거
같은데…

몸은
괜찮으세요?
그때 코피
났잖아요.
이제 괜찮아.
많이 힘드세요?
아무래도 프로그램
후반이고 이상한 루머도
돌아서 그렇죠?
난 원래 항상
피곤해.
그래서 오늘
너랑 만난 거야.

기분 전환
하려고.
저 만난다고
꾸민 거예요?
저번에 결혼식
갔다던 이후로 이런
모습 처음이에요.

오늘은 동창들
만났다가 재미없어서
탈출했어.
그리고 가끔
이러고 다녀.
기분 내킬 때.
잘 보이고
싶을 때.
ㅁㅊ…
…
저 꼬시는
거예요?
그렇게 보여?
꼬시는 건
자유인데,
저 좋다는 사람이
하도 많아서 쉽지
않을 거예요.
저도 그것 때문에
피곤하구요…
난 그냥…
가만히 있었을 뿐인데
왜 다들 내가 좋다고
그러는 건지…
야, 들었어?
웃기려고
드립 친 거겠지.
…
누가 있는데?
우혁이?
너도
개가 좋아?

안 좋아할
이유는 없죠.
잘생기고
키 크고
첫인상이랑 다르게
순진하고
귀엽기도 하고
속 다 보이고
초딩 같고
유치하고
잘 삐지고
…
싸가지 없고
좋은 거
맞니…
눈치 없이
자꾸 1등 하고
아무튼 나보다 잘났고
맨날 별거 안 하는데도
불쌍하고,
…제일 좋아하는 티
많이 내고
빠꾸 없이 들이대는데
솔직히 설레잖아요.
근데 편하게 누구랑
썸타고 연애할 시간이
없어요.
현호 아픈 거랑
경연만 생각해도
복잡하거든요.

근데 또 밀어내기는
미안하고…
그건 좋아하는 게
아닌 것 같은데.

지금도 피디님이랑
이러고 있는 게
걔한테 미안한데
좋아하는 게
아니에요?
그냥 비게퍼만
하려고 했는데
왜 이렇게 된 건지…
도화살인가…ㅎ

…
지금 나한테 이 이상
들이대지 말라고
부탁하는 거야?
하나 상대하기도
벅차서?
…

나는 너랑 있는 게 재밌어.
이걸 어떤 감정으로 단정 짓기엔
여유도 없고 정력도 모자라지만
어린놈한테 경쟁의식 느끼는 걸 보면 너랑 있는 시간이 욕심나는 건 맞는 것 같아.
근데 너한테 맹목적인 순수함이 호감의 기준이라면 나는 그런 걸론 승부 못 해.
어린놈을 그런 걸로 어떻게 이겨.
그래도,
나는 더 능숙해.
걔가 지쳐서 방심할 때,
니가 지쳐서 방심할 때
재수없게 나한테 걸려들 수도 있지.
그러니까 조심하란 말은 못 하겠어.
언젠간 빈틈을 만들길 바랄게.
…진짜 저 좋아하세요?
안 어울리게 왜 이래요…
…아니.
나한테 그럴 여유가 어디 있어.

갑자기
웬일이야?
뭐가?
배고파서 저녁
먹자고 한 건데…
뭐 먹고 싶냐?

밖에서 둘이서만
먹는 건 처음인데…
그러고 보니
그렇네.
이젠 숙소에
사람도 없어서…
낮에 뭐 했어?

피디님 만났어.
…
만나서
뭐 했어?

다음 경연 때
장기자랑 할 거
검사 받고,
잠시
얘기했어.
…

아, 우혁아.
그러니까
만나서…
일부러
그러는 거야?

넌 내가
좋아한다는 말도
못 하게 하면서
나한테 상처 주는 건
너무 쉽게 해…

난 가끔
니 마음이 감당 안 돼.

모르겠다.
이젠
생각하는 것도
그만하고 싶어.

—
…밥은 나중에
먹으러 가자.

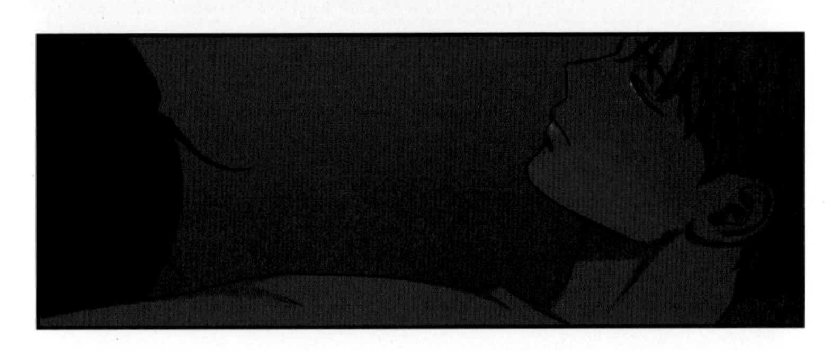

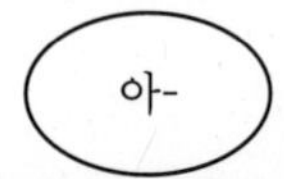
아-

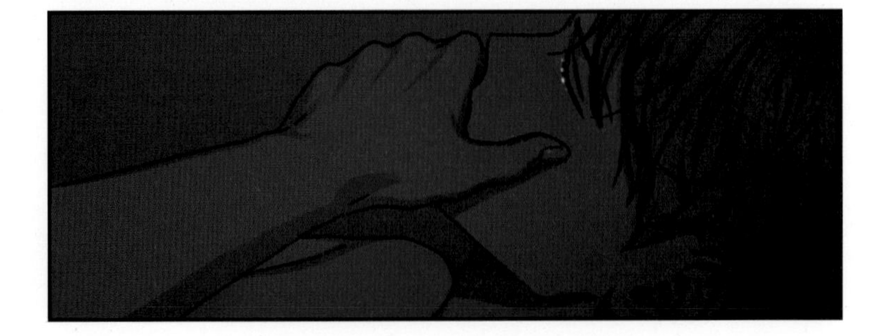

역시 인간은 밤보다
아침에 똑똑해진다.
내가 왜 그랬지…
어두워서 눈깔이
맛이 갔었나 봐…
미친놈이
존나 불쌍해 보이는 걸
어떡해…
그래도 그렇지
거기에 넘어가?!
한정된 공간에서
한정된 사람만 만나다 보니
세뇌된 게 분명해.
프로그램 끝나면
어떡할 거냐고!
이제 이걸 무슨
사이라고 해야 돼?

비게퍼 말고 찐으로 게이 됐는데
비게퍼 계속 해야 하나…
언젠간 이 새끼 뒤통수치고
1등 해야 하는데,
이렇게 된 이상 최우혁은
져달라면 진짜 져줄 것 같은데
인간 정지호 자존심이 있어서
져달라곤 못 하겠단 말이다…
허리 아파?
뭐?!
누가 져달래?!
뭐래?
아니야…
꼬르르르륵-

배고프구나.
당연하지…
어제 너 때문에 저녁도 못 먹었잖아.
스윽
왜 나 때문이야?
니가 나중에 먹자며.
분위기 조성죄야.
니가 내 고충을 알겠냐…
무슨 고충?
난 어쩔 수 없었어.
나라고 맨날 들이대기만 할 줄 알았어?
나 은근 소심하다고.
알아.
며칠 민망해서 거리 두니까 니가 먼저 나한테 뽀뽀했잖아.
난 그날 설레서 인터뷰도 바보같이 했어.
그래 놓고 피디 만났다는 걸 들으면 내 심정이 어땠겠어?

딱 울고 싶었다고.
…
근데 니가 나한테 미안했는지 먼저 살살 꼬셔서 어쩔 수 없이…
언제 살살 꼬셨어?!
꼬르르르르륵~
…
뭐 먹을래?
해줄게.
…신선로.
알았어.
볶음밥 해줄게.
개색기.

…
이상해.
어제까지만 해도 불쌍한 초딩 같았는데…

갑자기 남자인 척 하고 난리야…
(남자 맞음…)
…

이 이상 안 좋아하고 싶어…

자,
여기 앉아.
자,
많이 먹어.
어제
힘들었을 텐데.
정력 좋다고
자랑해?
뭐가 힘들어?
개뿔이 힘들어?
힘들어 보이길래…
걱정했어.

그냥 체조하는 것 같았는데.
혹시 너무 아프고 버거워서
싫었을까 봐.

안 버겁고 안 싫었거든!

아, 그래
안 싫었구나.
좋았구나.

!
…

귤 먹어.
아앙
서치나 해볼까~
툭
툭
3:53
우학짖오
인기
최근
사용자
사진
ㅎㅎ
사진
동영상
나쵸딥 @nachondip18
우학짖오 숙소에서 첫섹떴으면 좋겠다.
우학 항상 짖오의 사랑을 갈구하는 짖오 너무나
야망이 커서 우학의 사랑이 안중에도 없었어...
가슴앓이하며 살까지 쭉쭉 빠져서 더욱더 존잘
된 가련한 우학..어느날 너무 불쌍하게 울먹거리
니가 짖오 후라이팬으로 머리 한대 뎅- 맞은듯
홀딱 우학에서 넘어감.
뭐야…
이거 최우혁이 쓴 거 아냐?!
왜 이렇게 리얼해…

(필터링까지 마스터링)

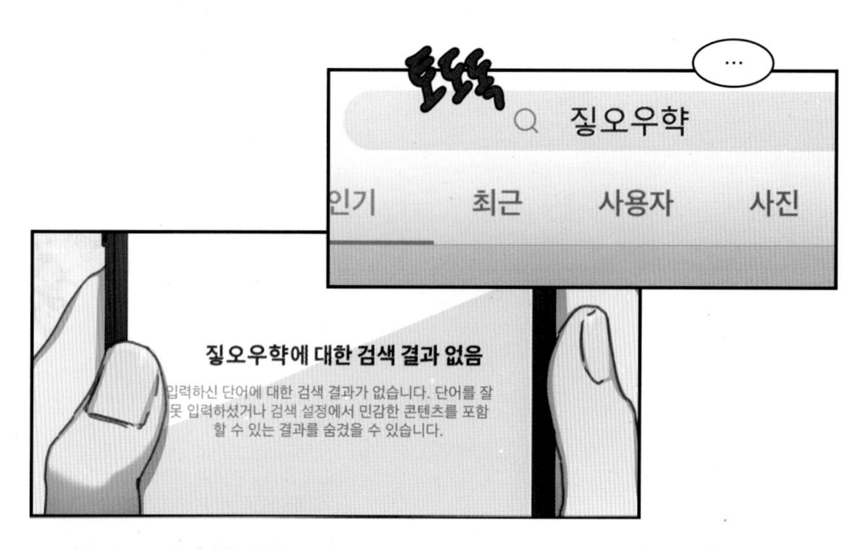

그러고 보니…

변광인 논란은
아직도 가라앉지 않았다.

서바이벌 프로그램의 갑질 논란
참가자의 간접적인 폭로

워낙 이미지가 좋았던
인간이라 그런가…

자취요리왕 피디 해명하세요
0000-00-00 00:00

글 하나로 프로그램을 향한 비난이 수위를 넘어설 때쯤…

변광인이 털렸다.

폭로 글 1

와…

댓글 565 | 댓글쓰기

이 놈 이미지가 벼껴서 긴가민가했는데 그 놈 맞네ㅋㅋㅋㅋㅋ
00구 유명한 중고차 사기꾼입니다.
중고딩때부터 그 지역 유명한 양아치였고 변광인한테 안 당해본 또래들 거의 없어욬ㅋㅋ비리비리해보여도 진짜 악질이었음.
졸업하고나서는 딜러한다길래 정신차렸나했는데 딜러는 개뿔 사기꾼이었어요.
사기 계약서 작성해서 돈만 뜯고 차는 안 주는 식으로 순진한 사람들 돈 엄청 떼먹음. 저 놈 말 믿지 마세요. 혹시 안 믿을까봐 인증사진 첨부함.

학폭 가해자는 본인이었네…

폭로 글 2

0000-00-00 00:00

맞아요...ㅋㅋㅋㅋㅋ저도 긴가민가했는데 사진보니까 알아보겠네요.
저희 오빠도 저 사람한테 중고차 사기당해서 돈 다 날렸어요.
가만히 있으려니 더이상 못봐주겠네요. 사기꾼주제에 불쌍한척
감동팔이하는것도 모자라 저런 음침한 저격글까지...좋냐 멸치새끼야

답글 27 답글쓰기

나쁜놈…

폭로 글 3

김병수

저 쌍노무 자식 애비가 병이 들어??
너무나. 터무니없는 소리라 내가 병이들. 지경이다.
할아방탱이 아직도 동네방네 진상짓은 다 하고
다니는데 제발 병이 들었으면 좋겠소.
시부럴놈, 저놈의 자식새끼가 딱 지 부모를.
빼다박았다.
동네 아지매들 다 건들고 다니는
노망난 할배인것을 이 동네 주민 중~
모르는 이가 없다.
자신있게 병이 든 것은 개소리라
장담할 수 있다.

아빠까지 털리네…

그렇게 생각지도 못하게 여론이 반전되고…

드디어 패자부활전이 내일로 다가왔는데

내일 촬영이란
말이야!
누가 뭐 한대?
왜 오바야…

자주 껴안고
잤잖아.
안 돼…?
난 그냥…
괜히 안 붙어 있으면
불안하고 그래서…
이 새낀 왜 이렇게
불쌍한 척을 잘하지…?
알았어,
이리 와.

싱글
벙글

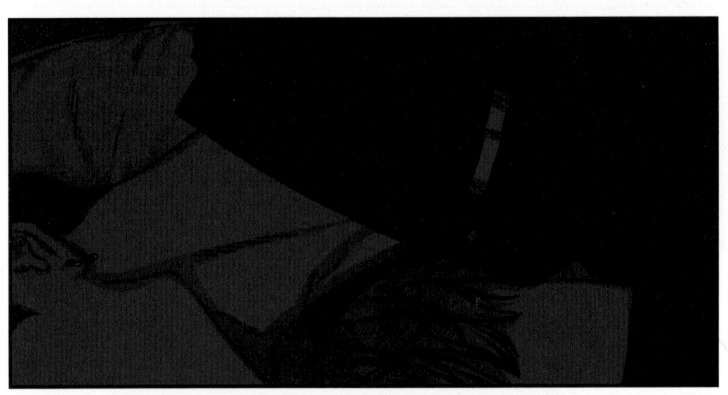

역시 난…
밤에 멍청해지나 봐…

패자부활전 아침
저놈을 믿는 게 아니었다.
화 풀어.
싫어.
야, 이렇게 생각해.
니가 비게퍼 하는 이유가 뭐야?
나랑 사귀는 것처럼 보이려고 하는 거잖아.
근데 아무리 연기를 해도 진짜의 바이브는 못 따라간다고.
보는 입장에서도 가짜로 뭐 있는 척하는 것보다 진짜의 텐션이 느껴지는 게 더 몰입하기 좋지 않겠어?
게다가 오늘은 촬영이고, 쌩눈으로 보는 시식단도 있는데 좋은 기회잖아.
…
그런가…
그런 것 같기도…
퍽
!
그래도 한 대 맞아라.

변광인은 아예
안 올 건가 봐.
마침 탈락해서
다행이야.
편집을
어떻게 하려나…
아마 본경연 위주로
분량 채우고, 탈결전은
귀신 씨 위주로
가지 않을까?
그럴 것 같아…

오늘은 그럼…
…

피디님도 안 보이네…

다들…
누가 올라왔으면
하는가…?

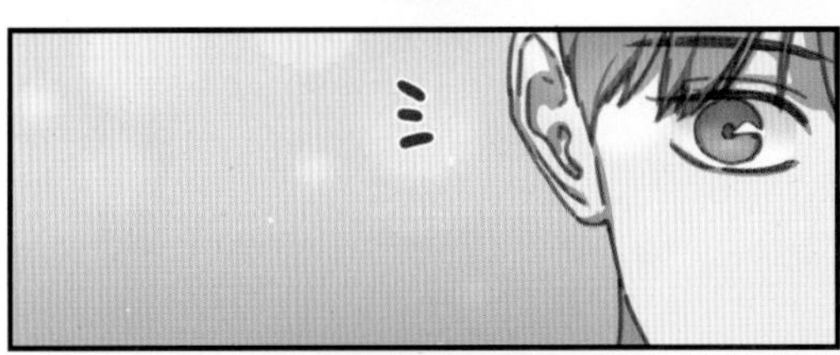

미안하지만 오늘의 관심은
내가 독식한다.

자취요리왕
여덟 번째 경연!
벌써 자취요리왕 시즌 2가
반 이상의 여정을 여러분과
함께했습니다.
오늘은 조금 특별한 경연이
준비되어 있다고 하는데요,
그 전에!
오랜만에
끼가 넘치는

우리
참가자들이
특별한 장기를
준비했다고 합니다~
바로 지금,
박관종 참가자의
아트적인 댄스부터
만나보실까요?!

음악
심오한 음악
현대무용스러운
음악

샤악—
'알에서
깨어나는 새'
인가-
확

휙—

아름다운 음악
예술적인 음악
오버 싸네.
그럴 거면 댄싱에잇을 나가라.
와~
정말 멋있는 무대였습니다.
짝
짝
이거 뭐, 거의 예술이네요!
박관종 참가자의 춤 실력이 한층 더 향상된 것 같습니다.

자, 이제
정지호 참가자의
차례인데요.
쩌릿—
정지호 군도
춤을 준비하셨나요?
아, 아니요!
부끄러운 척
전 저런 멋있는 거
못해서…
음-
간단하게 제 매력을
어필할 수 있는 걸
준비했어요…
그것이
무엇일지!
궁금해서
미쳐버릴 것 같죠?
그럼 디제이
턴 온 더 뮤직~

고양이 소리 내봐~
같이 냥냥냥냥냥
발
랄
내 심장이 쿵쾅쿵
너한테 애교 부려
귀엽
아이쿠 냥냥냥냥냥
앙증~
너의 미소에 빠져

나를 사랑해줘
냥냥냥냥

고양이 소리 내봐
화악

같이 냥냥냥냥냥
~

끝
휴…
어머,
정말 귀여워서 깨물어 터트려버리고 싶죠, 여러분?
그럼 이제…
야, 최우혁 미쳤나 봐.
왜 얼굴 빨개져?
봤어?
왜 지가 부끄러워 해?
미친
최우혁 존나 귀여워
쟤 진짜 찐인가 봐.
대박
미친놈이야
개귀여워
…
뭐야…
애교는 내가 했는데 왜 또 니가 관심 받아?
힘 빠지게…

아무튼 광란의 장기자랑이 끝나고,

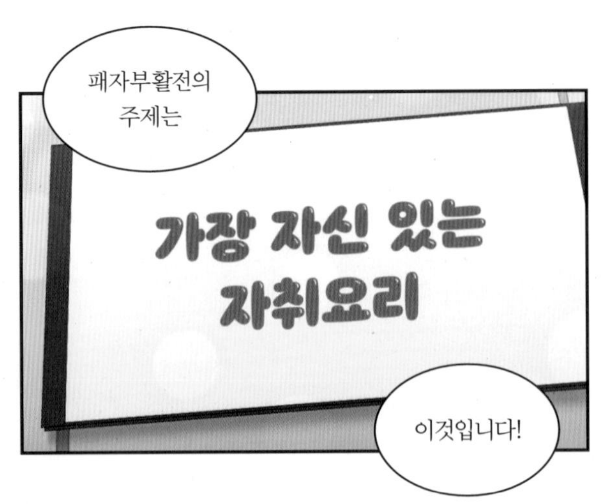

이번 심사는 특이하게 심사위원과 시식단,
그리고 우리 생존자들도 같이 시식을 하고 투표를 한다고 한다.
(그래 봤자 심사위원 투표 점수 비율이 가장 높음)

힘 빠져 있지 말고 이럴 시간에 점수라도 따자.
안녕하세요.
오늘 재밌어요?
헐, 재밌어요.
오빠 고양이송 완전 귀여웠어요.
맞아요.
존귀
정말요?
다음에 또 해주세요.
알았어요.
다음에 1등 하면 또 할게요.
개꿀
근데 우혁 오빠는요?
오늘 왜 같이 안 있어요?
쉬는 시간에 맨날 같이 있더니.
최우혁 오늘 고양이송 보고 얼굴 빨개진 거 알아요?
진짜 개귀여웠는데.
…
오빠 못 봤죠?
방송 꼭 봐요.

진짜 투명하다니까.
아,
다시 생각해도
수상해.
ㄹㅇ
못 잊어.
왜 그래?
아파?
아니.
아픈 거 아니면
뭔데?
응?
아니라고…

재주는 내가 부렸는데
관심은 니가 다 받아서
우울하다고 말할까?

왜 넌 아무것도
안 해도…

미안.

내가 꼴불견이라고 여겼던
사람들의 모습이
나한테서 보이는 것 같아서.

너무 기분이 더러워.

…
왜 계속 쳐다봐.
…
뭐.
왜.
왜 그렇게
눈치를 봐.
…난
그냥 현호
걱정돼서 그래.
못 본 지
오래돼서.
원래
주기적으로
이래.
현호…?
그래, 현호.
나 화장실
갔다 올게.

는 거짓말이고, 혼자 생각하고 싶었다.

…괜찮으세요?
죽는 거 아냐…?
…괜찮아.
변광인 감동 스토리 못 써먹게 된 건 아쉬운데 말야.
예능 볼 때 이입하기 좋은 스토리잖아.
그래도 이제 예전처럼 욕먹진 않으니까 마음은 편해…
신경도 안 쓸 것 같은데 생각보다 신경 많이 쓰네요.
이 세상의 시선 따위 신경 안 쓰는 기계와도 같은 영혼인 줄 알았어요.
기계…?
영혼…?
무슨 소리야…
나같이 여린 사람이 왜 신경을 안 써…
저랑 만날 때도 아무렇지도 않았잖아요.
그건 센 척 한 거고…

아…
심적으로 힘들 때 더 티 안 내는 스타일인가…
그래도…
언제부터 이미지를 신경…
쿠울럭-
커컥
쿨럭
쿨럭
…
진짜 죽는 거 아냐?!
그래…
다 죽어가는 사람한테 뭔 말을 못 하겠어…?

좋아하는 애가
너무 싫은 기분
알아요?
뭔 소리야?
좋아하는 애가
좀 잘났는데요,
걔를 그냥 좋아만
하기엔 내가 너무
못나 보이고,
나도 뭘 해보려고
하면 열등감만 생기는
기분 아세요?
몰라…
누가 알아…
그럼 열등감이
더 큰지,
좋은 게 더 큰지
어떻게 구분하는지
아세요?

그걸 어떻게
나한테 물어볼 수
있어?
너야말로 피 대신
비정함이 흐르는 기계와도 같
은 애였구나…
제정신 아닌 것 같길래
물어봤어요.

아무도
모를 거예요.
나같이 섬세한
사람의 깊고
다차원적인…
너무하네…
고뇌를…
내가
더 섬세해…
아 예.
걔랑 같이 있을 때
무슨 생각이 먼저 드냐가
중요하겠지.
아무리
열등감 느낄 상황이 와도
설레면 좋아하는 게
더 큰 거고,
…
아무리 설레는
상황이 와도 열폭부터 하면
열등감이 더 큰 거고…

…
휘까닥
왜, 왜 그래요?!
스윽
진짜 죽은 거…
아, 자는 거구나.
고롱
고롱
툭
일어나요.
여기서 자지 마요.

질질
ZZ

띵-

ZZ
토닥

다시 돌아옴
개표가 끝났습니다.
으헝-
…
앞서 말씀드렸다시피
심사위원과 참가자, 시식단의 점수를 각각 다른 비율로 계산한 결과가
드디어 나왔습니다.
지금 제 손에!
패자부활전에서 살아남은 단 한 명의 참가자!
그 이름이 있습니다.

야, 너 누구
찍었어?
나 외국인 씨.
넌?
난 청순 누나.
끌
그 주인공은
바로!
바로!
꽉
김근돼
참가자입니다!
우어어어!
…

물론 다른
참가자들의 요리도
모두 훌륭했지만,
가장 자신 있는 요리가
주제라 그런지 전공자의
실력을 무시할 수 없네요.
이번 경연에서
명백하게 요리의 완성도와
맛 위주로 평가를
했습니다.
김근돼 참가자자
이전의 경연에서
아쉬운 모습을 많이
보여줬지만
앞으로 더욱 발전한
모습으로 경연에 임하기를
기대해봅니다.
감사합니다.
여러분께
큰절 한번
올리겠습니다!
하핫-!
참
담
못생긴 게
염병은.

그리고 당연하다는 듯이 성사된 회식.

기죽는 것도 짜증 나.
어떻게 해야 안 짜증 나지?
고립…!
고립됐으면 좋겠어…!
최우혁이 고립돼서 내 말만 들었으면…!
이런 게 집착광공인가…?
(서치하다가 본 단어)
우혁 씨는 연애 안 해요?
좋아하는 사람 없어요?
아…
우혁 씨 좋아하는 사람은 없을 수 없는데.
야, 당연히 있지!
이 얼굴이 연애를 못 해서 안 하겠냐?
하긴.
좋아하는 사람…
있어요.

엄멈멈멈멈머
누구?
되게 예쁘거나
도도한가 보네.
고백했어요?
했으면
차이겠냐.
진짜
좋아하나 봐요~
네.
진짜
좋아해요.
…
덜컹
감당이 안 돼.

멋있게 김근돼를
처바른 뒤 내 손을 잡고 가던 뒷모습이

너무 귀여워서 웃음이 나왔다.

항상 날 세우면서도
들러붙으면 받아주는 것도
귀엽고,

센 척하다가도 결정적일 땐
부끄러워하는 것도 귀여워.

미친 것 같아.
이렇게 좋아할 생각은 없었는데

내 아이디어 훔쳐가놓고 뭘 잘못했는지 모르겠다고?
그딴 것도 아이디어라고…
그렇게 억울하면 말하고 다녀.
미친년이 뭐가 그렇게 당당해?!
너 그것 때문에 그러는 거 아니잖아.
나랑 진짜로 사귄다고 망상해놓고 내가 다른 놈한테 들이대니까 그게 맘에 안 들어서 그러는 거잖아.
정신 차려.
우리 쇼한 거야.
나는 남자 좋아해.
…

개소리하지 마.

그러든가~

아까 이 근처
공원에서 혼자
술 까던데.

**그걸 니가
왜 알려줘?!**

비틀
비틀
…

넌 왜 맨날 멀쩡한 의자 놔두고 쭈그려 앉냐?

…
이렇고 있어야 머리가 잘 돌아가.

머리 굴릴 게
많냐?
복잡한 건
난데…
내가
더 복잡해.
풀썩
…
너한테
할 말 있어.
뭔지 예상이 돼서
도망 온 건데…
뭐, 새끼야.
너만 할 말
있는 줄 알아?
나도 있어.
그럼 너도 해.
난 지금
말할 거야.
하라면
못 할 줄 알아?!
나…
술 먹었지만
지금 말할 거야.
하…
나 원래 이렇게
초조해하고
말 많아지는
사람 아니야.
근데 니가
다른 사람이랑
가까워지거나…
이젠 눈앞에서
안 보이기만 해도
불안해.

* 각자 할 말 중
그냥 우리 비게퍼 하기로 했으면 거기에만 집중하면 안 돼?
그게 뭐… 마음대로 안 되는 건 아는데.
내가 하도 도화살이 세서…
나중에 더 감당 안 될 것 같단 말이야…
나 우승해야 한단 말이야…
… 내가 다 잘못했어.
초반에 너한테 화낸 거랑… 싸운 거,
이것저것 다.
물론 그럴 만하긴 했지만.
사실 아예 관심이 없었으면 너한테 화도 안 났을 거야.
그러니까 이렇게 구차하게 말하는 이유는,
아 받아준 나도 잘한 건 없는데…!
나도 너한테 미안한 게 있고…
니 얼굴이 문제라서 그래!
그래, 얼굴…!
니 얼굴 때문에 홀려서 니가 하는 대로 하게 되고,
얼굴 때문에 뭘 해도 관심 받는 니가 부러운 게 문제야!

나 좀 잘 봐달라고…
넌 뭔데 그렇게 내 취향이야…?
뭔데 그렇게 귀여워?
난 원래 강아지를 키워서 고양이는 취향이 아닌데…
니가 고양이송 부르는 거 보고…

존나 귀엽겠다.
강아지…?!
강아지 키워…?
너무 귀여워서 정신을 못 차리겠…
닥치고 강아지 얘기나 해봐.
강아지…?
어… 하얀 폼피츠고…
유기견 이었는데…
몇 년 전에 내가 데리고 왔어…
하얀 콩떡 같아서 이름은 개떡이야…
존나 귀엽잖아?!
시발 왜 진작에 말 안 했어?!

많이 아팠거든.
유기견이라서 어릴 때 접종을 안 맞았대…
거의 죽을 뻔했는데
병원에 살다시피 하면서 치료받고 지금은 괜찮아…
그때 진짜 병원에 거의 살았어.
한 학기 등록금 통으로 갖다 바치고…
부모님 눈치 보여서 생전 처음으로 학자금 대출 받고…
난리도 아니었어…
근데 개가 낫기만 하면 그런 게 뭐가 중요해…
그 정도면 싸게 친 거 같기도 하고 그래…
내가 데려왔는데 그 정도는 당연하지…
…
이런 얘기 처음 해봐.
너네 현호는?
아픈 데 없어?

초라해서 이런 말을 어떻게 해.

그동안 느꼈던 핑계 같은 열등감과는 다른,
가장 무겁고 취약한 부분에서 느껴버린 차이.

단 하나, 미운 내 행동의 구실이던
책임감이란 변명이 무색해지며 알게 된 것.

안 되겠다.

너랑 나는 달라.

…

나라고
왜 니가 싫겠어.
나라고 왜 너랑
참 마음대로
안 되는 게 많지?

…

안 그래?
…혹시 제 스토커세요?
뭐…?
어떻게 그렇게 심한 말을…
왜 항상 제가 혼자 있을 때 나타나세요?
그것도 이런 타이밍에.
그거야…
선수니까.
개소리…
집에 갔다 오셨어요?
아깐 다 죽어가더니…
찜질방 가서 한숨 자고 오니까 괜찮아졌어.
넌 왜 울려고 해?
… 그럴 일이 있어요.
쪽팔리는데 좀 모르는 척해주면 안 돼요?

보이는데 어떻게 모르는 척해?
손 잡아줄까?

이 와중에 작업 치고 싶으세요?
그럴 기분 아니거든요?

야,
확—
일단 잡아보고 판단해.
아익-!

잘했어.
뭐든,
니가 선택한 건
널 위한 거야.
뭐야…

그런 말을
누가 못 해요.

…

거실에서
자는 이유…

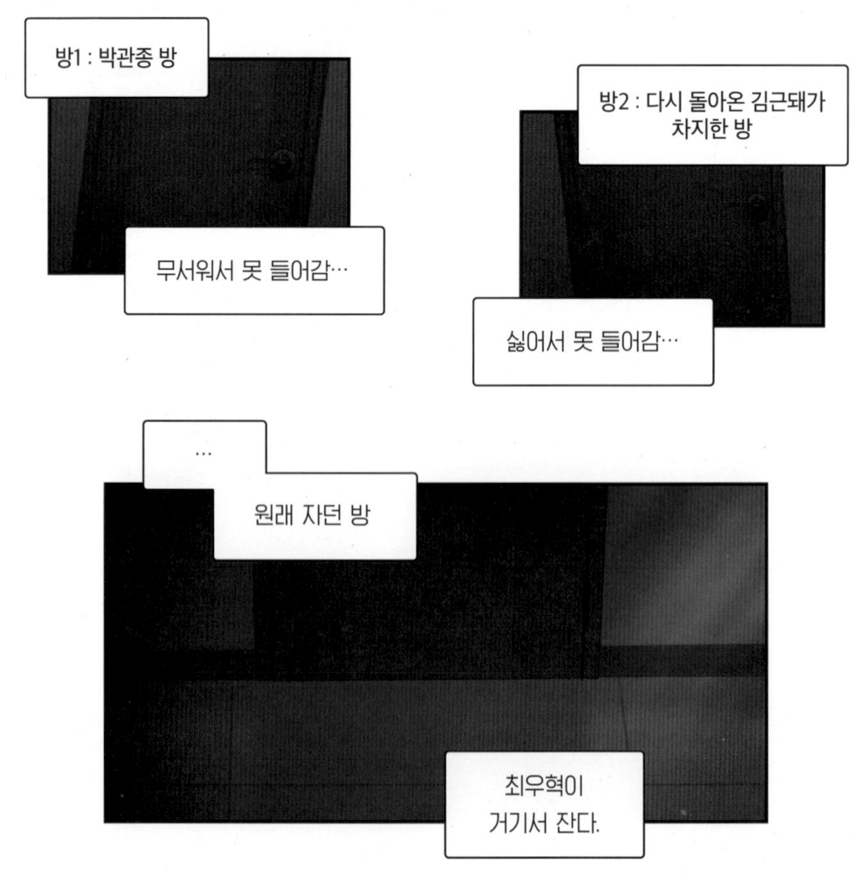
방1 : 박관종 방
무서워서 못 들어감…
방2 : 다시 돌아온 김근돼가
차지한 방
싫어서 못 들어감…
…
원래 자던 방
최우혁이
거기서 잔다.

그래서 객식구마냥
여기서 자는데…
술 꼴아서
어딜 간 거야…
최우혁이
아직 안 들어왔다.
길바닥에서
얼어죽으면 어떡하지…
연락해볼까…
왔나?!
쾅-!
덜컹
왜 저래…
자빠졌나…
쿵-
…
왜 여기서 자?

나랑 같은 방 쓰기 싫냐…?
벌떡
그게 아니라…!
나 차인 거야?
따지자면 그런데…
왜…?
우리
잤잖아.
… 그럴 수도 있지.
그게 뭐라고…

니가 혼자서
무슨 생각을 하든
날 어떻게
여기든,
그건
모르겠는데.
난 마음에 없는
사람이랑은 안 자고,
키스도
안 하는데
넌 아닌가 봐…

… 그래.
아니야.

진짜…
…ㄹ 같은…
뭐?
거기서
자고 싶으면
거기서 자.

그리고…
그거
안 믿어.
나한테
관심도 없으면서
왜 그렇게
날 받아줬겠어.
끼익
다른 이유가
있을 거야.
말하기
싫은 거겠지…
…
잘 자.
내일은
내가 꺼져줄게.
탁
…

최우혁은 그 말을 너무 열심히 지켰다.

요 며칠째 계속 밖으로 나돌고, 밤에 들어와서 잠만 자기 일쑤였다.
누구 편하라고 그러는 건지…

궁시렁
궁시렁
탈락자 결정전 후보로
김청순 참가자와
정지호 참가자가
선정되었는데요.
!

자취요리왕
SEASON2
제작진
누가 올라왔으면 하나요?

자취요리왕
SEASON2
최우혁
아… 둘 다 떨어질 실력이 아니라고 생각하는데

자취요리왕
SEASON2
SBTV
제작진
그래도 한 명만 뽑자면 누구인가요?

자취요리왕
SEASON2
최우혁
정지호요…

자취요리왕
SEASON2
SBTV
제작진
파이팅!

미치겠다.

쪽팔리지만 나도 전혀 안 괜찮았다.

어쩌면 걔만큼.

진지하게
쳐다보던 눈빛이나

곧 부딪혀오는 입술과 함께
훅 들어오는 최우혁 냄새.

사실은 항상 고팠는데,
더 이상 그럴 수 없을 것 같아서 그게 생각보다 허전하고

생각보다 많이 울적했다.

그러나 기만 같은 슬픔은 접어둬야 했다.

잘한 것도 없으면서
감성에 빠지는 건
더 할 짓이 아닌 것 같아서
원래 이기적이었던 놈인 만큼
아예 나쁜 놈이 되는 게
나을 것 같았다.
여기 새로운 결심으로
경연에 임하는
여섯 명의 참가자가
있습니다.

남은 건
그거밖에 없으니까.

지난주 탈락했던
김근돼 참가자가 패자부활전으로
다시 경연에 합류하게 된 만큼,
우리 참가들의
각오가 남다를 것
같습니다.
새로운 국면을
맞이한
자취요리왕!
패자부활전에
이은
여덟 번째
경연을

시작합니다!
Rufous Tu
Streptopeli
1990

한번 끓여놓으면 이틀은 반찬 걱정 없는 찌개.
찌개
자취생뿐만 아니라 한국인에게 없어서는 안 될 음식입니다.

간편한 다시팩(ppl)과
맛있는 해물 다시팩
육수 농축액(ppl)을 이용하여
가장 맛있는 찌개를 만들어주십시오!

웬만한 거 다 잘하긴 하는데
요리를
해요!
다행히 국물 요리는 편했다.
고양이가 있어서 멸치 육수 낸 다음에 간식으로 주거든요.

어차피 육수 맛은
거기서 거기일 테니
자극적이든 말든
맛있게만 만들자.
탁 탁 탁

!
여기
구급상자 좀!

괜찮아요?
네.
일단
급한 대로…

아 지금…!
최우혁 참가자가 부상을 당한 것 같습니다.
~

큰 부상이 아니어야 할 텐데요!

…

탁탁탁

시간이
다 되었습니다!
00:00:00
요리에서
손을 떼주십시오!

…

음…
짜고…
맛있어요.
하하.

김치찌개가 이런 맛이 있어야죠.
마냥 짜지만은 않고 입에 짝 달라붙는 게 감칠맛이 끝내주네요.
완전 밥도둑인데요?

꾸벅
감사합니다.
곧바로!
발표를
하겠습니다!
여덟 번째 경연,
찌개 요리의
1등은!
하필 최우혁이랑…
…
미안한데
정말 1등 하고 싶다.
질끈
기왕 나쁜 놈 됐으니까
1등 먹고 싶어.

축하합니다!
정지호 참가자 입니다!
나?
나?
정지호 참가자가 경연에서 처음으로 1등을 가져갔는데요.
와아아~
그동안 1등 후보에 자주 올랐던 참가자라 감회가 남다를 것 같습니다.
다시 한번 축하드립니다!
…
처음으로 1등을 했다.
기쁜데,
흥분된다기보단 오히려 안심이 돼.

축하해.

…고마워.

잠깐 쉬었다
갈게요!

…

…많이
안 다쳤어?
손 괜찮아?
1등 했네.
결국.
아, 어…
1990
1990

져줄까
했는데,
필요없겠네.

뭐?

1등 하고 싶어 하는 것 같길래.
맨날 내가 해서 짜증 났잖아.

…

왜 상처받은 티를 이런 식으로 내?

웃어.

쟤들 보잖아.

진작에 져주고 그런 소리 하지 그랬냐?
지금 와서 뭔…
그리고 누가 져달래?
1등은 당연히 하고 싶지만 그건 너도 같을 거 아냐.
언젠 니가 우승한다며.

할 거야.
안 그래도
그 말 지킬 거야.
그러니까 앞으로도
잘해보자.

어쩌다가 이 말을
또 듣게 된 거지.
…
처음으로
돌아간 거 같아.
우혁 씨!
손 다시
한번 봐요!
네-

지혈하고
밴드만 붙였죠?
네.
나?
나는 왜…
비실
일단 잠시 보고
위에 가서…
심하면 병원 가서
진단서 끊어 와요.
처리
해줄게요.
…네.
심각한가…
조심하지…
힝곰

1등 했네.
아, 네.
열심히 했어요.
…
좀 실망했어.

삐
쭉-
1등 했으면 춤을 추거나 노래를 하거나 퍼포먼스를 보여줘야 할 거 아냐.
그게 쉬운 줄 아세요?
언젠가 닥쳐올 일이긴 했지만
아무리 저라도 준비 없으면 힘들어요.
그리고,
이제 나이도 있고 사회적 체면도 있는데 그런 거 안 하죠.
저말고 다른 사람 알아보세요.
왜 이래… 적응 안 되게…

어렵겠지만
적응하세요.
(얼마 전에도)
(나 이렇게
잡고)
(애기처럼
울었잖…)
(잉잉)
제가 언제요?!
저번 주 회식 때
계단에서…
!
…
너무해…
난 피디인데…
사회적 체면이 있다면서
폭력을 쓰는 게 어디 있어…
알았으니까
그만하세요.
오늘따라
왜 이렇게 나대…

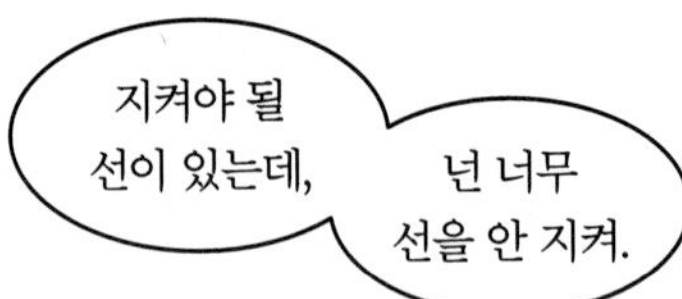
지켜야 될
선이 있는데,
넌 너무
선을 안 지켜.

내가 나이도
더 많은데,
그렇게 만만하게
보는 건 좀 상처고
어쩌고저쩌고,
깐족
…
깐족

아,
그만하라고요!

…

…

피식
언제 그렇게 편한 사이가 됐어?
그래도 피디님한테 화내면 안 되지.

어…?
어…
뭐야…

나 치료하러
갔다 올게.
으응…

…
죄송해요.
ㅁ…
무섭잖아…
덜
덜
하,
화를 내도 전혀
진지하게 받아들이질
않는구나…

유치하게
그러지 좀 마세요.
최우혁 앞이라서
일부러 그런 거잖아요.

내가 언제
안 유치한 적 있어?
어렵겠지만
적응해.
따라 하지
말고요…

가요.
?
쟤네 봐서
좋을 거 없어요.

1등 축하해.
탁
탁—

잘했더라.
알아ㅇ…
감사합니다…

—찰칵

다시 촬영 시작
탈락자 결정전에
가게 될 두 명의
참가자는…!

신귀신,
박관종,
입니다.

관종아…!

긁적

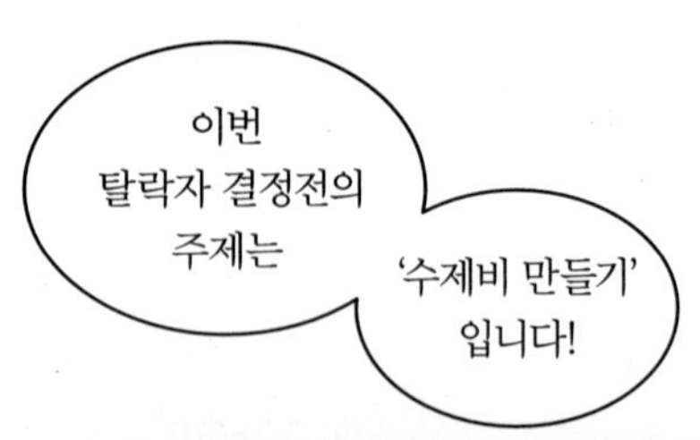
이번
탈락자 결정전의
주제는
'수제비 만들기'
입니다!

30분 안에
육수와 반죽,
아이 씨
손톱 상하게
모두 맛있게
만들어야 하는데요.
간편하게 육수를
낼 수 있는 많은 방법이
있는 반면,
(협찬 제품 쓰라는 말)
반죽은 탄력이
식감이 어쩌구
저쩌구…
나를 좋아하는
귀신 씨와 내 친구 관종이가
탈락 후보에 오르다니…
1990
미안해요
귀신 씨…
날 좋아해주는 건
고맙지만,
관종이는
내 유일한 친구인걸…
(최우혁은
친구라기에 할 거
다 해서…)

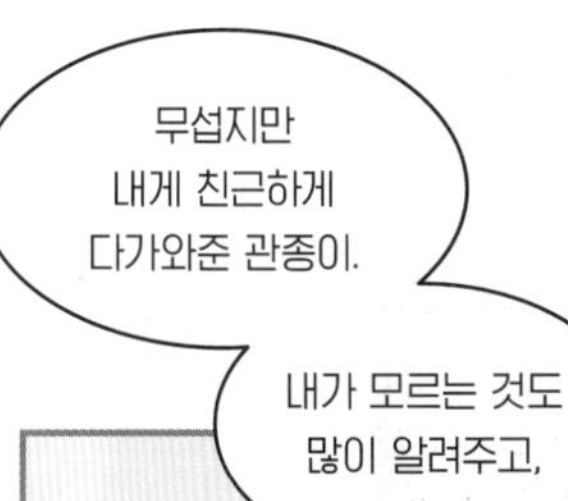
무섭지만
내게 친근하게
다가와준 관종이.

내가 모르는 것도
많이 알려주고,
속으로만 생각하던 걸
시원하게 뱉어줘서
동경하기도 했던…

퍽
내 친구
퍽
관종.
찰싹
찰싹

미친…
잘 좀 해!

결과 발표
탈락자는,
박관종 씨입니다.
네에~

1990
후닥
관종아!
좀 열심히 하지
그랬어…!

그렇게 조금 슬픈 마음을 품은 채
최우혁 눈치를 보며 여느 때와 같이 회식 장소로 향했다.

지호 씨,
오늘 1등 축하해요.
맞아요~
아, 네.
감사합니다.
저기,
혹시 <자취요리왕>
나오는…
아, 예~
맞아요!
헐
저 완전
팬이에요~
실제로 보니까
더 잘생겼어요.
대박
감사합니다.

헐 저 정지호
원픽이에요!
와 진짜 실물이
훨씬 잘생겼어요!
아…
감사합니다.
혹시 사진
찍어도 돼요?
찍어도 되는데
어디 막
올리진 마세요~
깔깔깔
개이득
고마워요~
화이팅!

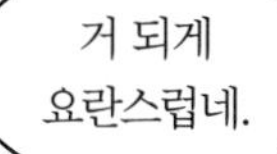

거 되게
요란스럽네.

요즘 카메라가
얼마나 좋은데
실물이 뭐 그렇게
다르다고.

여자들 오바하는 건 알아줘야 한다니깐ㅎ
거 1등 축하합니다~
고마워요.
1990

다음엔 나도 짜고 자극적인 거 만들어볼까나ㅎㅎ
심사위원 입맛도 뭐~
별거 없더라고요ㅎㅎ

다른 사람한테 시비를 안 걸면 죽는 병이 있냐?!
섬세한 맛을 아는 사람이 없다니까~

요즘도
게임하세요?
게임도
잘하시던데ㅎㅎ
아 예…
떠들어라…
나는 피디님의 개소리에
적응된 몸.
저 정도는 공식을
읊는 것마냥 정상적인
소리로 들리는구나.
다음엔 제가
다니는 체육관에
같이 가시죠.
지호 씨는
비리비리…ㅎ
말라서
한 번에 확-!
허허
저기요,
왜 씹으세요?
아니에요~
아~ 진짜
기생오라비같이
생겨서~
너도 이런
대꾸할 가치 없는 말을
한 귀로 흘리느라
고생이 많았겠구나…
시비 트는
소리
신경 긁는
소리
잘난 인간의
숙명인 것을…

?
엥엥

아니, 저기요.
나랑 한판 뜨고 싶어요?
왜 계속 씹냐ㄴ…

쨍—

1990
털썩

툭—

Rufous Turtle Dove
Streptopelia oriental

머
머머머
뭡니까?!
싫다잖아요.
하-
아니,
싫으세요?
네?
싫으시냐구요~
…
시발
그럼 좋겠냐
안 싫다는데~?
그럼 거슬리니까
하지 마세요.
트ㅎ하-!
아니 댁이 무슨
상관이세요?
그렇다고 사람한테
저걸 던져요~?!
근돼 씨
그만하세요…
덜컹 —
우혁 씨도
그만하세요…

그냥 나한테 시비 걸고 싶은 거 아니야~?!
아놔- 놓으라고~
놔~ 이거 안 놔~?
말려줘 말라궈~
...
아이 씨-
덥썩
후다닥
아, 아아 안 싫어요!
니가 던져놓고 개무시해?
그만 좀 해요!

…

퍽

덥석
빡

쳤어?
쳤어~?
쳤다, 시발.
홱
2타
에이 씨
멸치 같은 게…
뻑
미끌~
어
어어어
1990

콰당 탕—
꺄악!

…

슥—

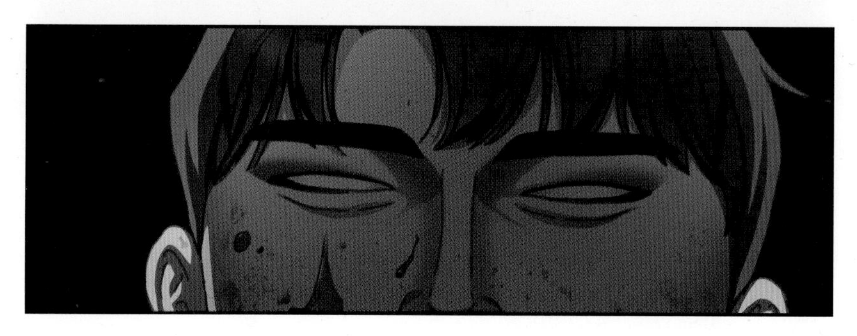

깡

근돼 씨!
어머
괜찮아요?

근돼 씨-!
어떡해…

치고 빠지기^^
휙

…
야,
봐봐.
넌 거기서
그걸 왜 던져?
잘 무시하고
있었는데.
너 때문에
그런 거 아니니까
신경 꺼.
걔가 그러는 거
한두 번이야?
아 그래
퍽이나…
하여튼 은근
손 험하다니까.
손도 다치고…
얼굴도 다치고…

왜 이렇게 만신창이야…
가서 얼굴부터…
어쩌라고.
너 때문에 그런 거 아니니까 치워.
팍
누가 뭐래…
아무튼 다음부터 그러지 마.
아직 프로그램 중이고 무슨 뒷말 나올지도 모르고…
오늘 가게 안에 우리밖에 없었던 게 다행이지.
어디 넓고 사람 많은 데서 그랬어봐.
사진 찍히고 소문 나고 난리도 아닐걸.
10
변광인 때문에 지랄 난 거 봤잖아.
조금만 소문 잘못 나도 여기저기서 물어뜯고 루머 퍼지고…
죽고 죽이고 싸우고 외치고
이건 전쟁이 아니야…
너나 그러지 마.

어?
야, 난 맞다이
경험이 많아서
괜찮아ㅎ
멍청하게
김근돼 옆에
앉지 말라고.
내가 앉아 있는데
걔가 온 거야!
아무튼…
고마워.
얼굴 괜찮아?
다음 촬영 때까진
붓기 빠져야 하는데…
띵—
개무시…
…

똑 똑
야,
얼굴에 찬 거라도 대고 있어.
응?
이것만 가져가.

…
그럴 줄 알았다…
덜컥
확
이거 하고 있어!

주룩

엡퉤퉤
너나 해!
난 알아서 잘 해!
아씨-
하려면 제대로 하든가. 물 먹었잖아!
니가 문 안 열어줄 거 계산해서 덜 짠 거야.
계산을 제대로 하든가 그럼!
오지랖도 븅신같이 부리기는…
문과니까 어쩔 수 없어.
나도 문과야.
아, 말이 많아!
챙겨줘도 지랄이야…

너나
하라고.
지도 처맞은
주제에…
쓱—
…
니가
나 쳐다봤잖아.

어?

김근돼가
시비걸 때
니가
나 쳐다봤잖아.
…울 것 같은
표정으로.

그딴 거에 시달렸던
니가 불쌍해서
그런 건데…
나 때문
아니라며?

그래…
아니야.
너무 유치하고
너무 투명해서
어려워.
곱게 자란
도련님 맞아.
감정을 숨겨본 적도 없고
숨길 이유도 없어서
그렇게 서툰 거겠지.

그렇게 자라서
나쁜 척해도 서툴러.

너무 착하고,

…

여려서.

쾅

…

한편,

초반에 우혁지호 주식을 잡았던 갈조의 근황은…

n천팔의 팔로워를 보유한 짤계를 운영하며
부계정으로 썰까지 쓰는 자칭 우혁지호계의 네임드 갈조…
여전히 우혁지호에 과몰입한 상태며,
대모 같은 위치를 스스로도 즐김과 동시에
그에 걸맞은 무게도 견디고 있다. (어그로, 알계의 공격 등등)

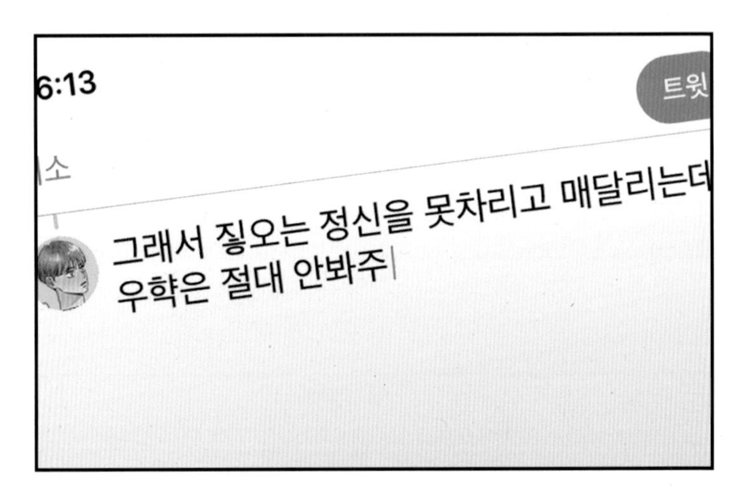

오늘도 열심히 썰을 쓰고 있는 그녀…

최근 한 알계의 끈질긴 공격으로
스트레스를 받아 수위가 센 썰을 쓰고 있는데…

좋군.

???/?/

뭐야 저거

정지호 이종한 피디랑 친해보이던데요

하…

머???

여시같은게 감히 최우혁말고 다른놈이랑 노닥거려

그냥 친한거겠죠

정지호는 최우혁아닌 다른놈이랑은 말을 섞어서도 눈을 마주쳐서도 안돼

음...

다음 경연은 양도고 뭐고 내가 직접 간다

가서 뭐하게요??

가서 내눈으로 직접 확인해야지

그럼 머가 달라요?

몰라

관종이가 방을 뺐다.
관종아…
연락…
해도 될까…?
야!
연락은 무슨
연락이야!
나 아이돌
해야 돼!
괜히 연예인이라고
연락해가지고 어우~
아는 척하고~
쾅
ㅡ
…

나중에 알았는데 관종이네 그룹 데뷔 플랜이 잡혔다고 했다.

과연 관종이를 이대로 다신 볼 수 없는 걸까…

그리고 이제 숙소에 세 명밖에 남지 않았기 때문에
내키지 않지만 김근돼와 화해하기로 했다.

솔직히 니가 자꾸
별것도 아닌 걸로 시비 거니까
싸움 나잖아.
어제도 니가 먼저
선빵 치기도 했고,
아 내가 언제
선빵 쳤습니까?!
예~?!
저분이 먼저
그릇 던진 게
선빵 아닙니까?!
니가 맨날
먼저 시비 걸잖아!
나 1등 한 날에
심사위원 별로라고
했고!
또 어?
어?
나보고 멸치라며
이 돼지 새끼야!
뭐?
돼지?!
이 멸치 중에서도
볶음용 실멸치 같은 게!
이게
뚫린 입이라고…!
멸치 할 거면
죽방멸치 할 테니까
죽방 처맞을래?!

죽방멸치
좋아하시네.
나도 미안.
핫-
역시 니가
날 도와주는구나…!
그래, 화해하려고
시작한 건데
내가 좀
참아야지.
그래…
나 볶음용
실멸치야…
그러니까…
근데
니가 인기 없는 게
내 탓이야?
…

하-
하, 하-
하-
둘이 편먹고
약자 한 명 갈구려고
작정했구만?!
너네 둘이 뭐,
뭐 있어?!
어?!
둘이
붙어먹기라도
했어?!
아, 아니…
무슨…
예상치 못한 타격…
그럼 넌…!
변광인이랑
사귀냐?
어?
사귀냐고~
아니 무슨
그런 망측한!
투닥
투닥
…
슥-
투닥
투닥

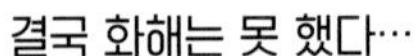
결국 화해는 못 했다…

이 프로그램 나온 사람들은 성격이 죄다 왜 그런지…
골골
골골
그치만 오랜만에 현호를 보러 와서 기분이 풀렸다.
겸사겸사 친구들도 보고…
너 인기 많더라.
니가 이렇게 오래 안 떨어질 줄 몰랐어.
어떻게 몰라?
우승할지도 모르니까 대비해놔.
김칫국은…
최우혁 님이랑은 잘 지내?
오늘 뭐 한대?
같이 놀러 오지.

걔도 어디 가는 것 같던데…
걔도 볼일 있을걸?
가끔 밖에서 사적으로 만나는 것도 찍히고 그래야 리얼리티가 사는 걸 알아두어라.
그동안 계속 숙소에서 붙어먹었는데…
이제 못 그러니까 밖으로 나도는 거야…
그래.
왜 같이 안 노냐?
둘이 싸웠어?
으어니야!
왜 싸웠어!
최우혁 님 실물 궁금했는데.
안 싸웠…
안 봐도 정지호가 잘못했겠지.
싸워도 괜찮아.
사람들이 알아서 혐관으로 먹을 거야.
혐간…?

그래도 너무
싸운 티 나면
좀 그렇지 않아?
너무 오래가면
안 좋을 것 같긴 해.
다음 주 정도에
알아서 화해하고
다시 붙으면 돼.
들었지?
니가 땅에
바싹 붙어서
사과해.
나도
동의하는 바야.
안 싸웠어!
하하

싸웠어?

요즘 정지호 얘기
안 하잖아.
정지호…
짜증 나.

뭐가?
언젠 좋다며.
자기도 좋으면서
뭐가 그렇게 생각이 많다고
유난 떠는 게.

그건 그냥
니 생각 아니야?
너넨 안 좋아하는
사람이랑
키스하고 자?
뭐…
걔가 욕구 불만일
수도 있지.
안 좋아하는 사람 때문에
김근돼랑 치고받고 싸워?
…아니…
우혁인
왜 이럴까.
내가 이렇게 생겼다면
걸레처럼 살았을 텐데.
넌 얼굴이
걸레라서 괜찮아.

내가 그렇게
아쉽지 않은가
싶어서 화나.
따질 거 다 따지고
밀려난 거 같아서.

포기 못 하는 게
있었겠지.
니가 싫은 게
아니라.
그걸 얘가 왜
생각해줘야 돼?
냅둬.
걔도 없어봐야
알 거야.
기왕에 이렇게 된 거
경연에만 집중해.
보란듯이
니가 우승해라.
...
그래,
없어봐야 알지.

(놀 사람도 없어서 김미친 구경 중…)

네?
아,
그럴 사정이 있어요.
싸우지 마.
저도 알아요.
근데 걔가…
싸우지 말라고.
못 알아들어?
…
내가 너 귀엽다고 웬만한 건 다 봐줘도 프로그램 망치는 건 못 봐줘.

죄송합니다…
김근돼랑 니가
주먹질 했다며.
변광인 때문에
논란 생긴 거 가라앉은 지
얼마 안 됐어.
알아서
분위기 살펴.
다음에
또 이런 일로
잡음 생기면
못 감싸줘.
니 책임이야.
네…
알겠습니다…
경고했어.
네…

김미친.
자취요리왕 시즌 1 때는 하늘하늘한 체형의 강아지상 미남이었으나,
저도 시즌 2에 나올걸 그랬어요.
지금은 관리를 놔서 하늘하늘함은 없어진 지 오래다.
하하
아하하
우리 땐 상금이 3천만 원 이었거든요~
제가 드리고 싶은 말은,
남을 너무 의식하지 말고
자기가 잘하는 걸 하는 게 좋다는 거예요.

경연을 하다 보면 다른 참가자들의 요리를 보고 신선한 충격을 받을 때가 있어요.
나도 그렇게 하고 싶은 마음이 들죠.
그런 마음으로 어줍잖게 따라 하면 성적이 안 좋더라구요.
하하
내가 잘하는 걸 이용하는 게 가장 좋은 것 같아요.
(시즌 1에서 히트친 요리 '가성비 카나페')
각자 자신 있는 게 있죠?
다들 어떤 걸 잘하세요?
아~ 저는 웬만한 건 다 잘하는데~
저는 뭐,
샐러드나 냉채같이 프레시한 거요.
뼈와… 살…
육류…
저는,
국물 요리요.
우혁 씨는요?
우혁 씨는 다 잘하시던데!
그래도 제일 자신 있는 게 있죠?

또…

이어지는 김미친의
경험담과 조언…

~

수고하셨습니다~
감사합니다~
수고하셨어요~
수고하셨습니다…
휙-

가야지…

또 어디 가?

…

홱
이거 갖고 가.
쌩

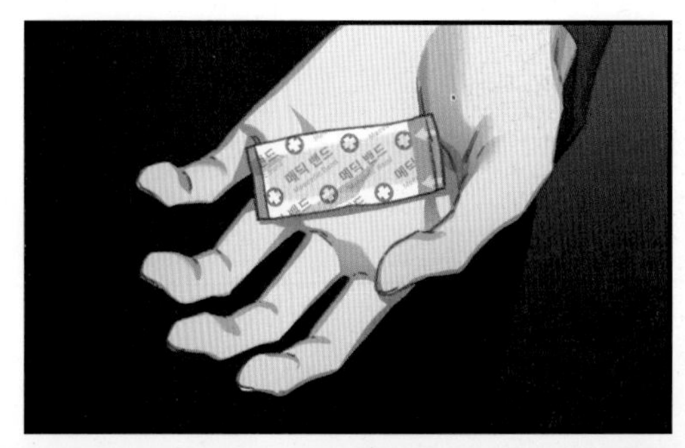

빅
빅빅
쾅

방송도 이젠
혼자서 본다…
우혁 오빠를
처음 봤을 때 어땠나요?
그때
스페셜 인터뷰
한 거다…

잘생겨서 놀랐고…
좀 기죽었죠. 하하…
지금도 최우혁 오빠가 라이벌이라고 생각하나요?
네~
사실 없어서는 안 되는 중요한 라이벌이에요.

자취요리왕 SEASON2
제작진
둘이 룸메이트인데 나만 아는 잠버릇이나 비밀이 있나요?

자취요리왕 SEASON2
정지호
음… 의외로 우혁이는 혼자 자는 걸 싫어해요~

저런 시절…
이 있었지…
이젠 내가 말 거는 것도 싫은 건가…
나도 기본적으로 갖고 태어난 측은지심이란 게 있다고.
지도 내가 김근돼한테 갈굼당할 때 도와줘놓고…
내가 뭐만 하면 개무시하고…
그냥 평범하게 지내는 것도 안 되냐고…
누가 그렇게 좋아하랬어.
언젠 싫대놓고.
갑자기 막 들이대고…
~
냥냥냥
나도 니 속도 따라가기 힘들었다고…
귀여워서 깨물어 터트려버리고 싶죠?

~ 고양이송에
맞춰서
애교를
선보였는데
어떻게 보셨나요?
네?
뭐요?
아, 고양이.
그거요…
좀,
다 큰 남자가
그런 건 왜 하는지…
주책 같고
그랬어요.
주책 같고
귀엽진 않았나요?
귀엽,
귀엽진…
않았는데요…

아니,
미친놈…
그래도 내 잘못이
있는 것 같다.
닥쳐주는 게
쟤가 원하는 거면
닥치고 있자.
어차피 이제 경연도
얼마 안 남았으니까…

다시 돌아온
(무려 아홉 번째) 경연 날
놀 사람도 없어서
맨날 숙소에서
폰만 만지다 보니
시간이 훅 갔다…
터덜
터덜
넌 정지호만 봐.
난 최우혁만
본다.
네.

이쯤 되면 무조건 재네한테
잘 보여야 된다.
기왕에 상승세 탄 거
쭉 상위권에 붙어 있으면서
최우혁한테 기울어진
재네의 민심(?)도
끌어와야 해.

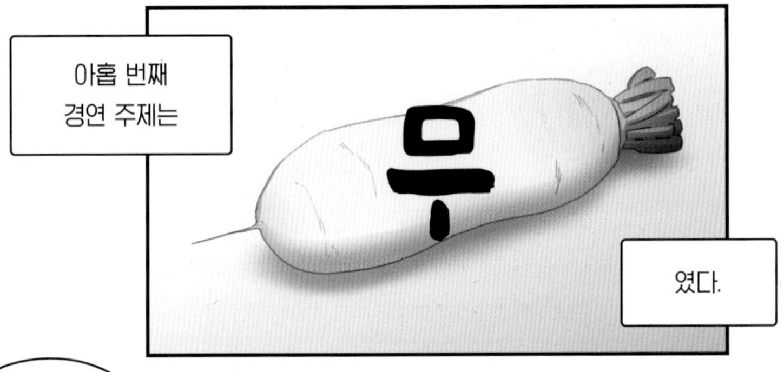
아홉 번째
경연 주제는
무
였다.

무슨 요리든
좋습니다.
무를 이용해서
가장 맛있고
간단한 요리를
만들어주십시오!
후다닥
뭐가 이렇게
막연해…
주제 정하기
귀찮았나…

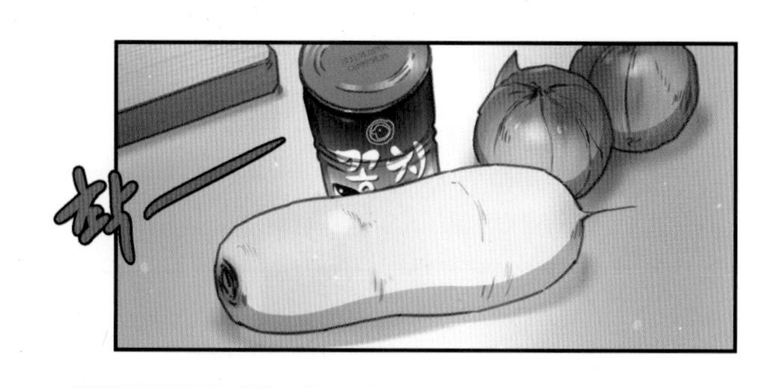

나는 고등어가 아닌
꽁치 캔을 이용한
꽁치 무조림을 하기로 했다.

육수

육수도 따로 내서
정성에 정성을 들인
무조림을 만드는 거야.

시간 경과

휴-
덜컹-
악-
덜그럭

아, 안 돼…!
뭐야, 난 맨날
왜 이러는 거야…?!

저번 경연에서
1등을 차지한 정지호
참가자부터!
완성된 음식을
가지고 앞으로
나와주십시오!
망신살 있나 봐…
하필 왜 오늘
연청을 입어서 이…
네,
네…
실멸치 같은 놈아…
구부정
뭐라는지 잘 들리지도
않는 상태
음,
비린내를
잡아서…
이번 요리 엄청
열심히 했나 봐.
정지호
왜 저렇게
공손해?

잠시 쉬고
다시 찍을게요~
누가 보기 전에
빨리 튀자.
지호 씨!
레시피 쓴 거
다시 한번만
봐줘요.
지금요…?
헷갈리는 부분이
있어서.
좀 봐줘요.
이게 꽁치를
언제 넣는 건지,
아…

왜 그래요?
배 아파요?
혹시…

×됐다…
왜 저래?
?
별명 하나
더 생기겠네.
요실금 오징어남
같은…
오늘 진짜
잘 보이고 싶었는데

나한테 줘요.

내가 볼게요.
alcidae

이 부분
확실하게…
아, 알았어요.
…

따라와.

끼익—

…
탁—

피디님은 다 보고 있었나 봐…
위이이잉~
근데 이 바지는 누구 바지지…

그 바지는
대충 벗어서
여기 넣어놔.
나도 잘 때나
입는 거라서…
아, 네.
다 말리고
나와.
네…
그때 혼난 이후로
어려워…
하…
넌 왜,
또 혼나나…

젊은 애가
오줌을 싸고
그래?
쌩
오줌 아닌…!
쾅!
진짜 아닌데…

안 심심해요?
난 심심한데.

심심…
안 심심…
아니, 심심…
ㅎㅎ
지호는?
몰라요.
나만 놔두고
어디 갔네.
지호가
나빴네~
에이~
그렇진 않아요.
터덜
터덜
이제 아무도
모르겠지…

지호 왔다.

뭐야…
나 없는 사이에
점수 따고 있었냐…

붙여줘.
?
이거 혼자 붙이기 어려워.

오늘 말도 한 마디 안 걸고 계속 쌩깠으면서…

…
피디랑
어디 갔다 왔어?
어?
아…

옷에 뭘 흘려서
피디님이 갈아입을 거
찾아주고…
옷 말리고
왔어.
진짜 친하구나.
질투 나게.

…
눈치 주는 거야,
쟤네 보라고 이러는 거야…?
너는 참 투명하다가도
이럴 땐 헷갈려…

이건 찐이다.
좀…
우리 의식한 거 같지 않아?
뭔 소리야.
쟤네가 뭘 안다고.
그게 중요한 게 아니야.
의식하든 진짜든 성인 남자끼리 토하지 않고 저런 짓을 허용한다는 게 이미 어떤 무한한 가능성을 가진 거야.
…
역시…
해석이 남달라…

이었고, 패자부활전에서 살아돌아온 경력이 무색하게
김근돼가 탈락해버렸다.

근돼
무룩
나 괴롭히면
그렇게 되는 거야…
(본인이 뭐 했다고…)
회식 가자~
꺄르륵
꺄륵
Of
Monsters
and
Dove
우르르…

…

김미친 말대로 남아서 공부
난 남아서
뭐 좀…
할게.
잘 놀다 와.

…

쿵-
뭔 의미야
저 웃음은…
…

자취요리왕
이 정도가
딱 그립감도 좋고
무게감도 좋네.
냄비도
비슷한 사이즈를…
뭐 해?

촬영 끝났는데
왜 여기서…
헉
휙
!
퍽

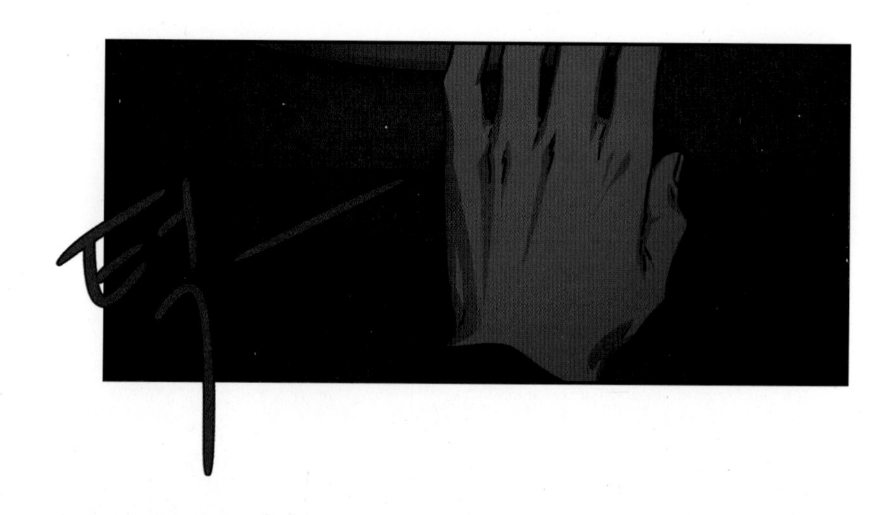
턱

…

아,
아야…

헉-
죄송합니다…!
혼자
불 꺼진 데서
뭐 해?
죄송합니다!
굽신
굽신
다 갔는데…
귀신인 줄
알았잖아.
공부
좀 했어요…
공부?
뭘 그렇게까지…
잘됐다.
나 혼자 있는 줄
알았는데.
같이 밥 먹을 사람
필요했거든.
?

배달의
게르만족

난 삼선짜장이랑
탕수육 먹을 건데
넌 뭐 할래?
같은 거?
…네.

배게
부르릉
후루룩
짭 짭

자.

…네.

치카
치카

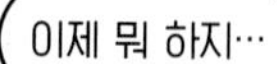
이제 뭐 하지…

너무 졸려…

30분만
자도 돼?

?
…네.

안락하다^^
…
나한테 화난 거 아니었나…

원래 사람이 나이 먹으면 이렇게 자기 기분 바뀌는 대로 행동하는 걸까…
잘못한 게 있어서 꺼지라고도 못 하겠고…

왜 그렇게
오래 쫄아 있어?
내가 화낸 게
그렇게 무서웠어?
…네.
혼나고 다음부터
안 그러면 되지.
싸우면 너도
손해잖아.
걔가 먼저…
웅얼웅얼
그래.
걔가 먼저
시비 걸었겠지.
우혁이 때렸단
말이에요…
그래도
넌 싸우지 마.
누가 봐도
너랑 김근돼랑 나란히 보면
니가 불쌍하다고
느낄 텐데
가만히만 있으면
사람들이 다
니 편 들어줄 거야.
그렇게
이미지 관리
해야지…

이제 김근돼랑은
부딪힐 일 없지만,
혹시 다른 사람이랑
또 그럴 수 있잖아…
맞아요…
다 맞는 말이에요.
그냥 피디님이
너무 편했나 봐요.
그래서 내 편
들어줄 줄 알았어요.
유치하지만.
그러니까
이제…
사고 치지
말고…
그만 졸고…
아까,
바지
빌려주고…
도와주셔서
감사합니다…

번쩍
!
왜,
왜 그렇게 봐?
잘생겼어?
뜬금없이…
제…
제가 더
잘생겼는데요…

30분 후

그래?
이제
가야겠네.
피디님은요?
난 못 가.
할 게
아직 많아서.

...

왜,
잘생겼어?

지금은 좀…
잘생겼어요…
정말?
덩실
더덩실
그렇게 좋을 일이야…?
뭔가 잊은 것 같은데…
바,
바지!
바지에 오…
육수 흘린 거!
편집해주세요!
alcidae
넌 왜 맨날 편집해달라고 해?
아깐 나 프라이팬으로 때려놓고.

그래서 무릎
빌려줬잖아요.
저 하지정맥류
걸리면 어떡해요.
심부정맥
혈전증이겠지…
안 걸렸잖아.
그럼 뭐요…
또 뭘
원하는데요…
아까 우리
뽀뽀할 뻔했는데
진짜 해볼래?
뭔,
아저씨 같은
수작이야…
혐
오
아무리 내가
매력적이어도
정도가 있지…
너무하네,
해보지도
않고.

확
휘청

뭐야?!
진짜
할 생각이야?!
아, 저.
이건 좀…
…

쪽ㅡ
잘 가.

…
어디서 본 건 많아가지고…

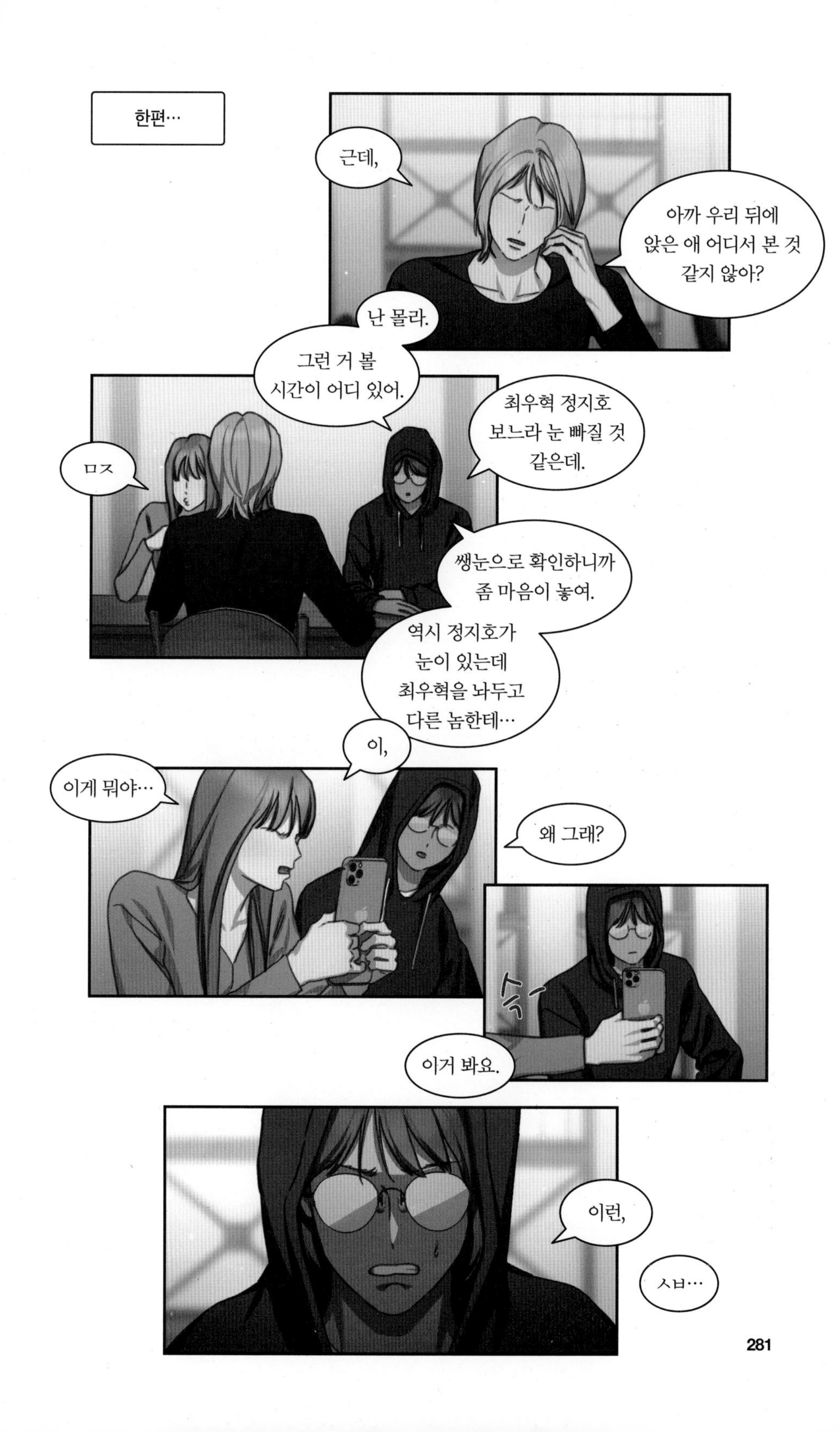
한편…
근데,
아까 우리 뒤에 앉은 애 어디서 본 것 같지 않아?
난 몰라.
그런 거 볼 시간이 어디 있어.
ㅁㅈ
최우혁 정지호 보느라 눈 빠질 것 같은데.
쌩눈으로 확인하니까 좀 마음이 놓여.
역시 정지호가 눈이 있는데 최우혁을 놔두고 다른 놈한테…
이,
이게 뭐야…
왜 그래?
슥-
이거 봐요.
이런,
ㅅㅂ…

삑—
삑삑
삑—

띠리릭—
사브작
탁
탁—
끼익—
우혁이
왔나 보다…
쿵

감각이
안 잊혀져.
너라면 다른 생각이
자리잡을 새도 없이
손을 잡거나

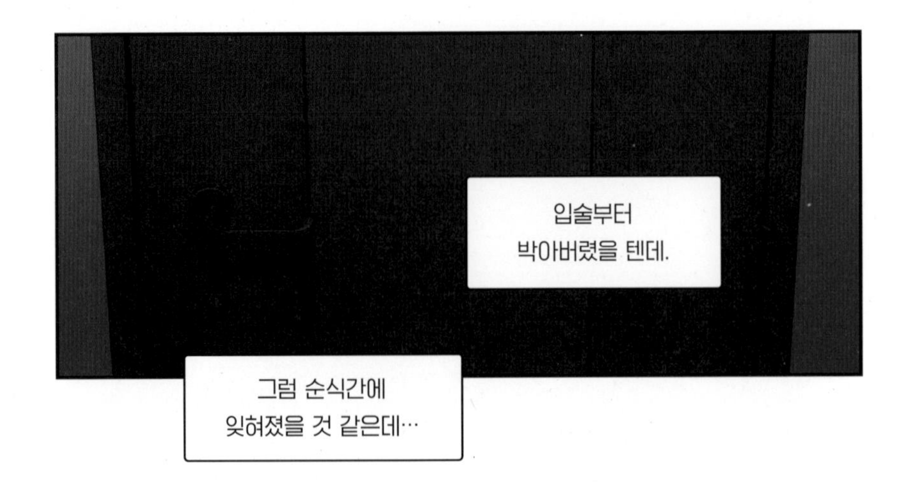
입술부터
박아버렸을 텐데.
그럼 순식간에
잊혀졌을 것 같은데…

너랑 떨어져 있으니까
다른 감각이 너무
오래 남아 있어.

이런…
ㅅㅂ
11:20
ㅎㅎㅎㅎㅎ @ggggqqqq1818
최우혁이 인기많으니까 붙는거 존나 속보였는데
이젠 이종한 피디랑 같이 밥먹네ㅋㅋㅋ자기한테
도움되는 사람한테만 붙어서 딸랑거리는거 보기좋
다~~~~~피디한테 뇌물을바치든 뭘하든 상관없는
데 최우혁한테서 떨어지라곸ㅋㅋㅋㅋㅋㅋㅋㅋ
언제 찍은 거야?!
이거 진짜면 좀 깨긴 하는데…
닥쳐!
아!
누군지 알았다…!
어쩐지 조용히 지나간다 했어…

이건 또 뭐야아악!
잘근
잘근
잠시 짜장면 받으러 나간 건데 언제 찍었어…
밥 먹고 손등에 뽀뽀받은 거 말곤 아무것도 안 했단 말이야…
(?)
이거 혹시 심각해지려나…
캐슈넛 @zotbsjt1
@ggggqqqq1818 님에게 보내는 답글
이거 피디맞음? 포털 프로필사진이랑 너무 다른데
아니겠지…
브라질너트 @qmfkwltsjxm2
@ggggqqqq1818 님에게 보내는 답글
일반인상대로 루머 양산하지말고 지우라고 미친년아
트윗
이 트윗은 볼 수 없습니다.
일단 루머 취급하긴 하는데,
피디님 또 화내는 건…
아,
신고 먹었나 보다.

금방 지워져서
다행이다.
우혁이는
안 봤으면
좋겠는데…

…

근돼가 나간다.
그동안…
미안…
?
그래도 몇 달 같이
살았으니
잘 마중하기로 했다.

하지도
않았습니까,
나한테?!
몇 달을 같이
살았는데~
그렇게 무뚝뚝하게
배웅을 하고
참 나.
한 명은
나와보지도
않으니 ㅉㅉ
어차피 보면
싸울 건데 안 보면
좋은 거 아니냐?
아아니~

사람을
그런 식으로밖에
안 봅니까?
맨날
했던 말
했던 말
또 하기
그래,
근돼야.
니가
제일 잘생겼다.
그러니까
좀 가라.
아니, 뭐…
알고는
있는데…
거, 잘 있으쇼.
쾅!
…
진작 이래야 했는데.
결국 김근돼는
원하는 소릴 듣긴 들었다…

근데 진짜
왜 안 나오지?
오늘 한 번도
못 봤어.
어디 나간 것도
아닌데…
야,
똑
똑—
끼익—
…괜찮아?

야,
어디 아파?
열 나?
괜찮아?
일어나봐.
병원
갈 수 있겠어?
…
…아니.

이것도
방해려나…
쉬어.
필요한 거
있으면 불러.
거실에 있을게.

가지 마.
아파서 정신을
못 차리겠어…
옆에 있어줘…

불쌍한 것…
맨날 추운데 싸돌아다니니까 감기 걸리지.
근돼는 아까 나갔어.
예전에 니가 이야기한 것처럼
진짜 숙소에 둘만 남았어.
…
…거 알아…?
너는…
…무 나쁜놈인데…
…나서 미치겠어…

뭐라는 거야…
뭐?
조바심 나서
미치겠다고.

…!
갑자기
뭐 하는…

홱

쪽
쪽
아
너무 뜨겁…

하아,
투욱
하아…
하…
하아…
아파서
그래…
아파서,

피디
만나지 마…
꽈
악
나 거절했으니까
그 정도는 들어줘…

우혁 오빠…
쓰담
쓰담
내가
우승시켜줄게…
1
뭐냐.

일곱번째경연때 남자화장실앞에서 정지호한테 개소리한 비니쓴 단발머리 베이지색옷 이름 박x윤에 핸드폰 뒷자리 0000. 시식단 당첨명단 뒤지니까 나오던뎈ㅋㅋㅋ그날 너 확실하게 봤고니 도망가는 사진도 찍었으니까 일반인가지고 루머 퍼트리지 마라

뭐야?!

일반인 신상가지고 뭐하세요?

넌 일반인 정지호한테 뭐하는거임?

걔가 최우혁한테 붙어서 인기 편승하려는거 누가봐도 보이는데 내가 틀린말 했냐고요

우혁오빠 팬이면 당연히 싫고 그런놈은 망해봐야 됨

이런다고 안 그만둘거고 정지호가 최우혁한테서 떨어질때까지 계속 올릴거니까 나한테 말하지말고 정지호한테 말해요

머라는거ㅋㅋ

그런다고,

최우혁이 니랑 안 사귀어준다고…?

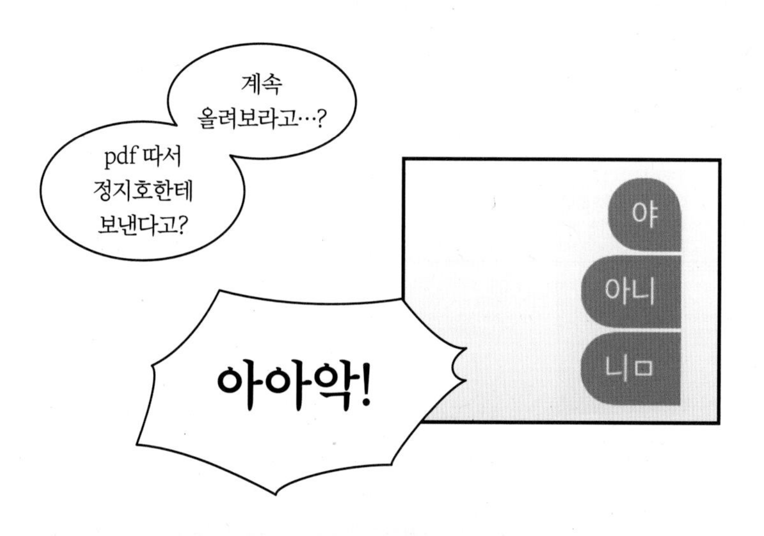

파국을
보고 말 거야…

어제 어쩌다가
존나 키스했는데
오늘은 또
무슨 말을 해야 될지
모르겠네…
얘도 아파서
골골거리느라
정신 없어 보이고…

콜록

여러분 그동안
정말 고생 많았습니다.
이제 네 명밖에 안 남아서
클래스 같은 건 안 하고
다른 이상한 걸 한다고 한다.
여러분들이 경연에
보여주신 열정.
누구보다 우리가
잘 알고 있습니다.
그동안
우리가 혹평을…
심사위원과 참가자
모두가 함께하는
시간이라나 뭐라나.
…성장을
위해서…

20분 경과
앞으로…
꾸벅
콜록
더욱 정진하는…
~
—

그래서! 오늘은 우리가 맛있는 음식을 대접하겠습니다!
오늘은 참가자분들이 심사위원을 맘껏 평가해주십시오!
와아~
심사위원이랑 친한 척하라는 요지의 기획인 듯했다.
누가 이런 걸 좋아할까?

회한을 느끼게 하는 맛이다…
냠
그냥 그렇네요.
하, 한번 직접 드셔보세요.
냠
요리는 길이 아니네요. 접는 게 좋겠습니다.

그다음엔(더 가관) 다 같이
게임을 해야 한다고 했다.
이제 숙소당
참가자가 딱 둘씩
남았습니다.
몇 달을 같이 살면서
정도 들었지만 밉기도 했을
나의 룸메이트!
고마움도 전하고
서운함도 전하는
괜찮아게임을
진행해보겠습니다~
괜찮아 하고
쿨하게 못 넘기는 쪽이
지는 겁니다~!
그리고 특별히
심사위원들이 벌칙 음식도
준비했으니,
경연만큼 최선을
다해서 게임에
임해주시기 바랍니다!
킬킬
크큭
고추냉이 소고기
야채 말이와,
캡사이신 제육볶음
김밥입니다!
심사위원이라는
인간들이…!
그럼
시작해볼까요?

귀신아,
나 사실 아직도 너 무서워.
못 다가가겠어.
괜찮다…
근데 넌…
나 말고 다른 걸 무서워해야 할 것 같다…
뭐,
어깨에 죽은 고양이?
다리에 동자 귀신?
아니.
너에게 원한을 품은,
김청순…

ㄱ,
괜찮…

아, 실패~!
고추냉이 소고기 야채 말이는 지연 씨에게로~!
까짓거 먹지 뭐.
끕
좀 웃기긴 하네…
씨익
자, 다음은~!
자, 지호 씨부터 선제 공격!
×됐다…
약하게 가자…
우혁아,
너 감기 빨리 나아야 해.
나도 옮을까 봐 불안해.

괜찮아.
너 사실 랩 진짜 못해.
타격 있음
…괜찮아.
우혁아, 넌 술을 너무 못해.
핫- 이건 좋은 건가 ㅅㅂ
괜찮아.
너 사실 춤도 별로야.
타격 있음
…
괜찮아.
우혁아, 넌 왜 이렇게 애 같냐.
철 좀 들어.
괜찮아.
너 사실 방송 화면이 진짜 니 얼굴이야.
실물이 낫다는 거 그냥 하는 소리야.

완전 타격
…

괜찮아.
근데
못생긴 놈한테
어제 왜 그랬냐?
(아무도 못생겼다고 안 함…)

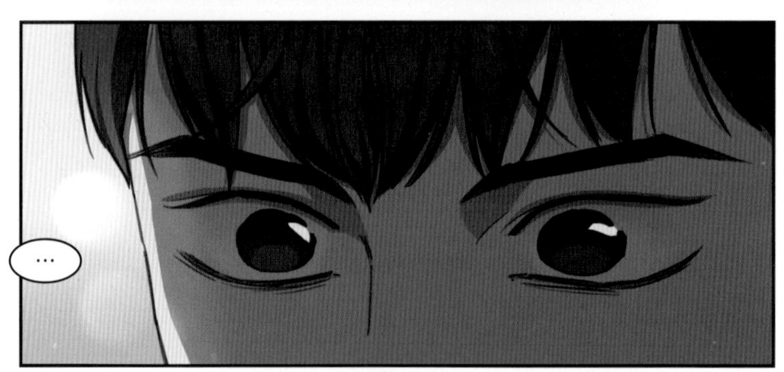
…

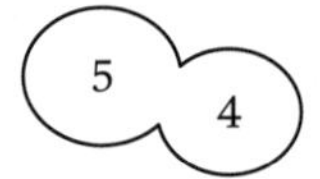
5
4

3
2
1!

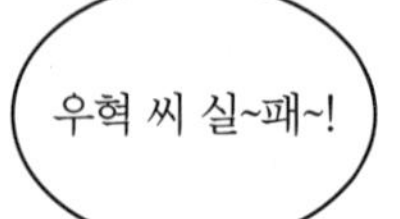
우혁 씨 실~패~!

정말 치열한 대결이었습니다!
굉장히 의미심장한 공격으로 마무리가 되었는데요~ㅎㅎ
자, 우혁 군!
눈 딱 감고 한 개만 먹읍시다!
…얘 아픈데 저거 먹고 열 올라서 죽는 거 아니야?
…
아무도 안 말리나…?
그냥 갑분싸 돼도 안 먹는다고 해.
슥—
불쑥
흑기사 할게요.

와아~
흑기사가 나타났습니다!
지호 군 대단합니다!
소원은 잘 생각해보고 따로 빌게요.
야, 그냥 내가…
통쾌하게!
흑기사답게!
덥썩
두 개 먹겠습니다!
움냠냠

우웩-
켁…
매워서
속 쓰려…
누가
먹어달래?
너 때문에
먹은 거 아니라
내가 튀고 싶어서
먹은 거야.
그리고 넌 왜
웃으라고 하는 게임에
진심으로 공격하냐?
내가 뭘
진심으로 했어?
니가
진심이었지.
니가
나 못생겼다며!
못생겼다고
안 했는데?
그거나
그거나…
그리고 랩도 못하고
춤도 못 춘다며.
랩이랑 춤에
진심이었냐…

탁
…왜 마음도 안 줄 거면서 잘 해줘.
탁

…
누가 주기 싫어서 안 주냐.
개소리야.
주고 싶으면 줬겠지.
너만 생각 있는 줄 알아?
니가 뭔데 그렇게 날 무시해?
누가 너 생각 없대?
그냥 내가 타이밍이 안 좋았어.
존나 재수없는 새끼…
재수없는데 어제 입술은 왜 박았냐…

재수없어서
미안하다.
끼익
감기나
빨리 나아.

덥석
무슨 타이밍.
…
뭔 말인데.
내가 말하면
안 되는 타이밍에
고백하기라도 했어?

그럼 다음에 말하면
뭐가 달라지기라도 해?
너는 내가,
내가 했던 말이
아쉽지도 않아?

아니…
당연히 아니지…
대체 내가 뭐라고
니가 이ㄹ…

흐…

흐엣취!

…
아,
에엑취!

오늘은
회식 없어요.
상태 안 좋아 보이는
사람이 몇 있으니까
집에 가서 푹 쉬고
와아~
이지연 씨 정지호 씨는
약 하나씩 가져가세요.
아쉽다~
다행이다.
숙소 가서
뜨끈한 거 먹고
잠이나 자야지.
…
약 받아 갈게.

둘 다
괜찮아요?
전 이제 뭐…
전 아니요.
…
심사위원들이
하도 하고 싶다고
해서…

어쨌든
혹시 모르니까
지금 괜찮아도 가지고
있으세요.

네,

안녕히 계세요~

빨리 가야지…

아,

감사합니다…

?

까먹은 거
있다.

경연 날 보자~

…
재미
들렸나 봐…
푸엣취!
진짜 빨리 가서
자야지…
훌쩍-

그날 밤

알알

정지호의 통장
xxx-xxx-xxxxxx
21,020 원
거지뱅크
...

아빠,
어~
지호야.
왜 전화했냐.
나…
돈 좀 보내주면
안 돼?
뭐?!
이 자식이…
넌 돈 필요할 때만
애비한테 전화하지?!
아니야…!
또 고양이 아프고
염병이냐?
아니, 뭐…
내 생활비도
없고…
근데 지금 알바를
할 수도 없고…
…
얼마?
그냥 조금만…
알았다. 아껴 써.
니 엄마 알면
또 재수없는 검은 고양이
갖다 버리라고 난리난다.
꾸깃
꾸깃
그… 뭐시냐,
자취의 왕인가 끝나면
집에 와.
응, 아빠.
고마워.
빠빠이.
그래~

(고양이 병원비 낸다고 사람 병원비 낼 돈이 없음)

그리고
무작정 입술 박아서
감기 옮긴 놈.
죽 먹고
약 먹어.
미안한가 보네.
아,
이것도 해야
되는데…
…
뭐냐 이게…
야,
어?
너 사람
간호해본 적 없지?
…
이건 다 먹고
잘 때 하고 있을게.
그리고
숟가락 들 힘은
있어.
응…

냠
냠
맛있어?
응,
니가
만들었어?
산 거
아니고?
응.
맛있어.
요리만 잘하는
바보 같은 놈…
걱정이다.
내일이 경연인데
그 전까지 괜찮아질 리가
없어.
이제 막바지라서
진짜 잘해야 되는데.

사실 좀 원망스러워.
하필 이 시기에…
좀 괜찮아?
근데 너무 미안해하는 게 보이니까 원망하는 것도 죄책감 들잖아.
머리 아픈데 생각만 많아져서 딱 뒤지고 싶다.
머리 아파…
머리 아파?
약이 안 듣나…
그렇게 금방 듣겠냐…
니 방 가 있어.
나 잘 거야.
…여기 있으면 안 돼?
있어서 뭐 하게.
아프면 부를게…
너 할 거 하고 있어…
니가 있으면 더 골 아파.

알았어…

…
달칵
알아,
너 애타는 거.

근데
니가 애타는 만큼
나는 이 경연에 애가 타…

경연 당일 날
여러분 믿을 수 있으시겠습니까?
이번 경연이 바로,
준준결승이라는 사실을 말입니다!
예상대로 안 괜찮다.
그동안의 치열했던 경연만큼
앞으로의 경연은 더 치열할 것으로 예상됩니다.
콜록
준준결승에 걸맞은 오늘의 주제는,
무엇일까요?!

예선에서 만들었던 요리
바로 이것입니다!
여러분이 예선에서 만들었던

죽순 편백찜, 고기 국수,
쌀 샐러드, 간편 육개장을
다시 한번 만들어주시면 됩니다.

그럼,
시작해주십시오!

탁
탁

18 : 04 : 12

탁

여기
구급상자 좀!
아, 최우혁
참가자가,
또 다쳤어…?
또 부상을
입은 듯한데요!
어떻게
다친 데를 또…
다치…
설마
10분 남았습니다!

00 : 00 : 00

왜 다친 델
또 다쳤어?
…어쩌다
보니까.

바보냐?
몰라.
아무튼 망쳤어.

…

진짜
병신이냐고.

...

그러니까
나 하나 정도는
신경 쓰지 말라고.

최우혁이
부상 때문에 시간이
모자랐나 보네요.
죽순 편백찜이
약간 설익었어요.
숙주 비린 맛이
조금 나네요.
정지호도
오늘 컨디션이 안 좋은지
국물이 좀 쓰고요.
이지연, 신귀신도
딱히…
막바지에
멘탈을 못 잡으면
안 되는데 참,
곤란하게
됐네요…
…
근데요,
전 이쪽도
나쁘지 않은 것
같아요.
죽순 향이
살아 있어서 그런지
저번에 먹었던 것과는
다른 매력이 있어요.
소스에 찍어 먹으면
크게 거슬리지 않구요.
맞아요.
따지자면 실수인데
이만한 센스가 없어요.

…그냥 최우혁 1등
줍시다.
얘만 한
우승 후보도 없는데
지금부터 포장해주는 게
나아요.
그럽시다.
1등은,
최우혁
참가자입니다.
짝짝
짝
짝
짝
그런 명분으로
실수해서,
하위권 성적 깔아주면,
그게 니 나름 면죄부가
된다고 생각했어?

너 하나 못한다고
내 성적이
잘 나오기라도 해?
봐봐.
결국 또 니가
1등 했잖아.
자연스럽게
탈락자 결정전에 갈
두 명은,
정지호,
신귀신 참가자가
되었습니다.
대체 뭘 위한 실수였어?
진짜 바보냐고.
잠시 쉴게요~

성큼
성큼
따라와서
뭐 어쩔 건데.
정지호.
약 뭐 먹었어?

어…
감기약…
근데
왜 이래?
일단 진통제로
해결 봐.
따라와.
…
빨리.
탁
탁—

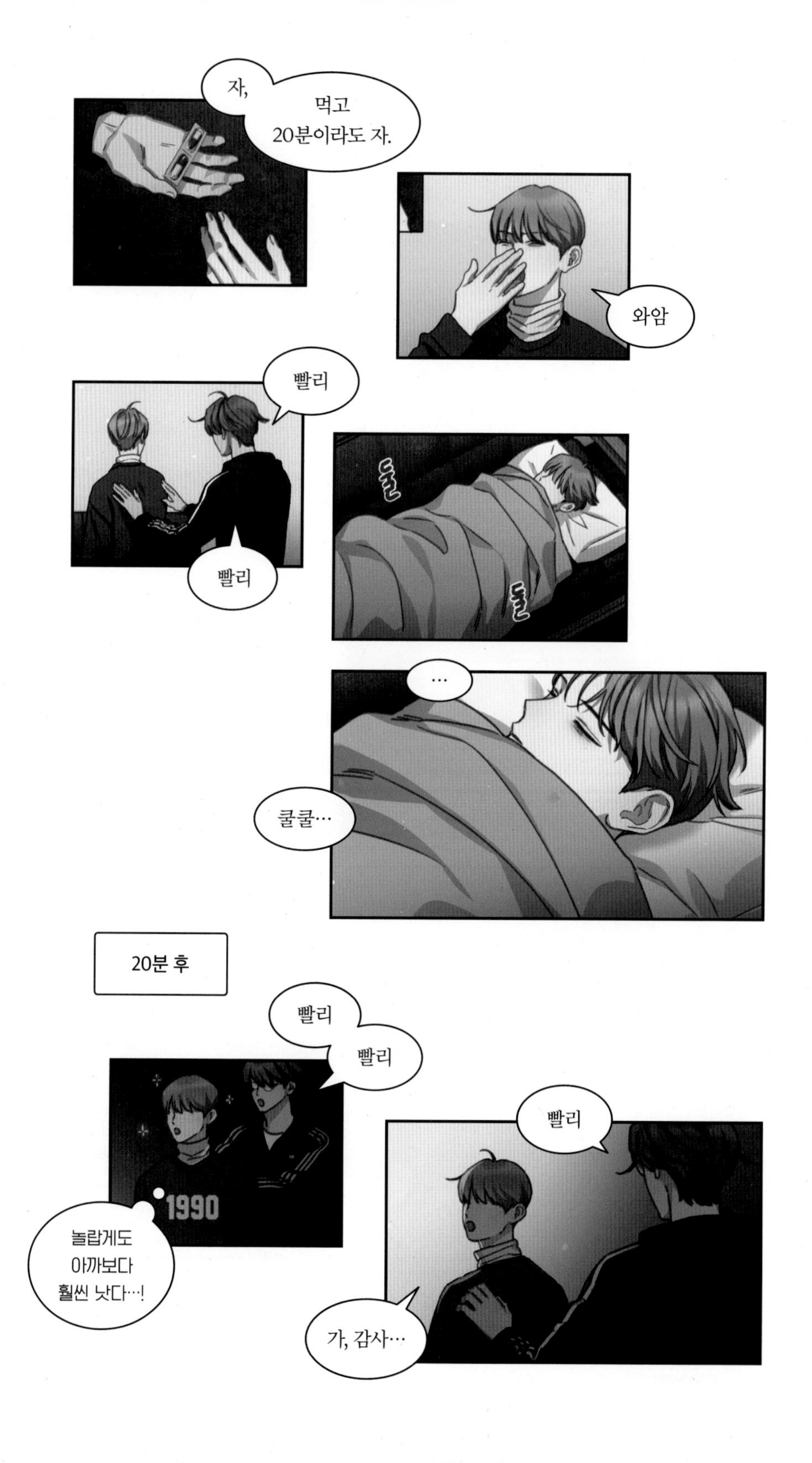
자,
먹고
20분이라도 자.
와암
빨리
빨리
둘
둘
…
쿨쿨…
20분 후
빨리
빨리
1990
놀랍게도
아까보다
훨씬 낫다…!
빨리
가, 감사…

합니다…

이번 탈락자 결정전의 주제는!
"김밥 만들기" 입니다!
15분 안에 재료를 다듬고
조리해서 (밥은 인스턴트 밥 협찬)
가장 맛있는 김밥을 만들어주시면 됩니다!
골드 마요네즈 MAYONNAISE
마일드참치
나는 내가 제일 좋아하는 참치김밥을 만들기로 했다.
턱
다행히 상태가 좋아서 집중이 잘되었고,
김밥도 집에서 몇 번 만들어봐서 자신도 있었다.
복잡한 생각은 접어두고 경연에 임할 수 있었다.

00 : 00 : 00
이게 뭐죠?
라면인가요?

네.
왜 라면을…
호오…
참치김밥은 라면이랑 먹으면 맛있으니까요.
하하
맞는 말입니다.

후루룩
짭짭
시간이 촉박했을 텐데 라면까지 끓일 생각을…
대단하네요.

잘 먹네…
다음은 신귀신 참가자의…
심사 종료
탈락자는

신귀신 참가자
입니다…
신귀신 참가자의
어묵계란김밥도
맛있었지만,
만장일치로
정지호 참가자의
참치김밥과 라면의 조합이
더 맛있었다는
평가를 받았습니다.
1990
귀신 씨…
정지호,
넌 좋은
사람이다…
너의 우승을
일단…
기원은 하겠다.
일단…
(?)

난…
울지 마라…
내가 무슨
좋은 사람이에요…
미안해요…
귀신 씨…
고생 많았어요.
그렇게 귀신 씨를
떠나보내게 되었다.
귀신 씨~
회식 가요~

안 간다.
빨리 돌아가서 속세의 때를 씻고 싶다.
잘 살아라…
…
바이
바이
잘됐다…
갈 기분도 아니었는데 귀신 씨도 없고.
나도 안 가야지.
경연도 진짜 막바지고,
약 먹어서 컨디션도 아까보다 나은데 남아서 공부나…
~
우르르
~
…

괜찮아?
애 울겠다…

내가
울어야 되는 거
아닌가…
아까보단 괜찮아.
또 남아 있으려고?

응.
그냥…
집에 가자…
…

술 꼴아서 잊어버려.

면 종류는
소면, 중면,
건칼국수면…
파스타랑 우동,
당면…
헐,
쿠스쿠스도 있…
아악!
내 신세야…
진짜 왜 이러냐.

나랑 육개장
먹을 사람?
선착순
한 명인데.

…
전…
…
갈비탕요…

플라스틱
콜록
뭐야…
나한테 옮기지 마…
콜록
안전거리 유지해…
밥도 같이 처먹어놓고 지랄이야…
꺼져준다…
삐
!
끗

우당
탕
쿵
쾅
2연타
괘,
괜찮아…?
…
왜 이래…
뭐가 이렇게
안 풀리냐고.
고양이도 아프고
나도 아파서
탈락할 뻔하고

나 때문에 귀신 씨도
탈락하고,
나 좋다는 놈은
삽질만 하고,
머리 박고
엉덩이 박고
안 옮게
꺼질게요.
벌떡
야,
뭐 그런 걸로
꺼진대.
안전거리만
유지하면 되는…
…울어?
아닌데요흡-
장난인…
피디님 때문에
우는 거
아니거든요!
아니,
피디님
때문이에요!
1990
…
우혁이 앞에서
자꾸 들이대니까
걔가 홰까닥 돌아버린
거잖아요!

물론 그것 때문은 아니지만…
어쨌든 피디님 지분도 있으니까 책임도 있어요!
자기 재밌자고 나 들쑤시면서 피디라고 함부로도 못 하니까 눈치 없이 계속…!
그러니까!
최우혁 그 새끼는 나 극혐할 땐 언제고 시발…
이젠 또 좋다고 무작정 감기 걸린 놈이 키스나 해대고
그래 놓고 미안한 건 알아서 미안해 죽으려고 하고,
현호도 아픈데 경연도 망치고
결국 나는 탓할 게 나밖에 없는 아아악!
그래, 그래.
내가 잘못했어.
토닥
토닥-
미안해.
진짜 개좆같아서…
썅…
흡-
흑-

사실은 나도 아무 생각 없이 걔랑 갈 데까지 가보고 싶은데 그럴 수가 없다구요.

왜?

왜냐면 제가 우승해야 되는데 걔가 우승할 것 같아서요.

사실대로 말해봤어?

어떻게 그래요.

쪽팔리게…

그리고 고양이 아파서 우승하고 싶다고 얘기하면 걔는 백퍼 중도 하차하거나 져줄걸요.

그러면 안 되잖아요…

경연인데.

왜 쓸데없이 양심적이야?

타고나길 인성이 바르고 올곧아서 그래요…

…

잠시 후

안전거리 포기…
이때다 싶어
다 쏟아내니까
속은 시원하네…
근데
좀 죄송…
근데,

나 재밌자고
들쑤신 거 아닌데.
?

그렇게 보였어?
너무하네…
사실 좀
그렇게 보였다…

어떻게 해야
진지해 보이지?
제가 어떻게
알아요…
어떻게 할까?
어떡하지?

나랑도 해볼래?
뭘요?

키스.

진지하게
너 꼬시려고?
왜, 왜요?!
1990
왜,
걔가 신경 쓰여서
그래?
그것도
그런데…!
애초에
왜 뜬금없이,
걘 너랑만
키스한대?
사귀는 것도
아닌데 뭐.

잠시 잊고 있던 광경…
…

감기도 나한테
옮겨버리고
손해 볼 일 없잖아.
그건 맞는데…
그리고
나 잘해.
지금 골치 아픈 거
다 까먹을 정도일걸?
한 번만 해봐.
다른 생각
아무것도 안 나게
해줄게.
응?

…

진짜…?

진짜.

…
1990

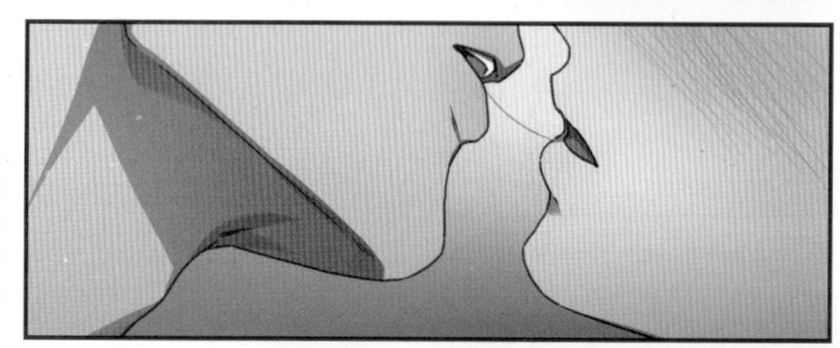

존나 잘하지.
다른 것도 잘해.

네?
읍-

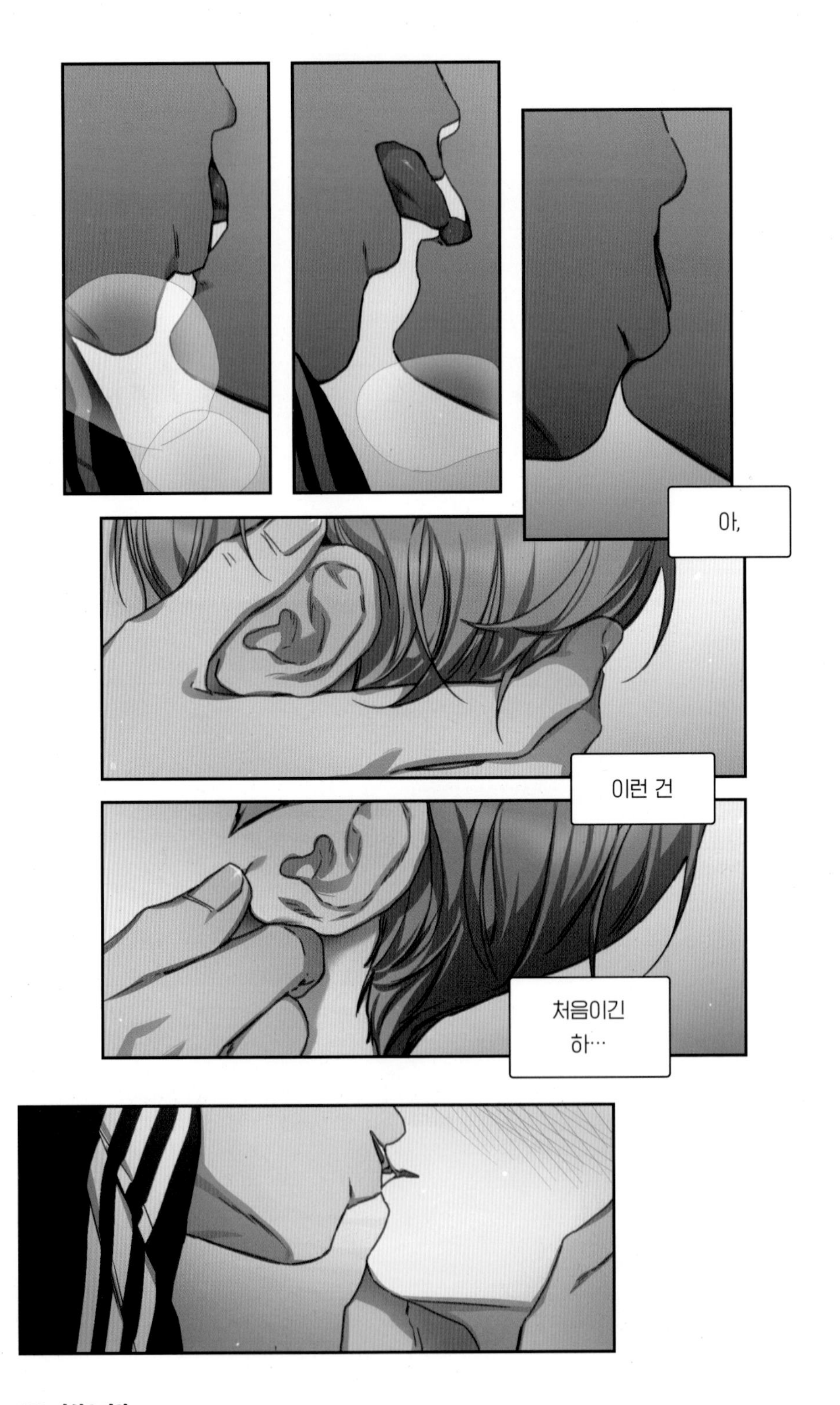
아,
이런 건
처음이긴
하…

더 하면 여기서
못 할 짓 할까 봐
안 되겠다.
넌 어린애니까
지켜줘야지.
…스물셋
인데요.
그 정도면
갓난아기야.
이제 좀
진지한 것 같아?
어때?
몰라요…
더 진지해져볼까?
?

우승하고
싶어?
당연하죠…
내가
널 우승시켜줄
순 없어.
프로그램 룰대로
심사위원, 시식단 점수로만
우승자를 정할 거야.
최우혁이나 이지연이
너보다 점수가 우세하다고 해도
내가 할 수 있는 건 없어.
난 찍고 편집하는 거
외엔 간섭 못 해.
니가 아무리
좋아도 말이야.
그리고 내가 봤을 때
심사위원은 최우혁이
맘에 드는 것 같아.
…
대신 이런 말은
해줄 수 있어.
서바이벌이 아무리
거기서 거기라도
동정심팔이는 먹혀.
그것도 너같이 생긴 애가
초반부터 질질 짜면서
사연팔이 한 게 아니라 후반부에
참다 참다 터트리면,
아무리 생각해도
존나 잘 먹혀.
심사위원을 제외한
사람들의 연민을 끌라고.

무슨 말이에요…?
내가 무슨,

고양이 아프잖아.
니가 여기 나온 이유도 그거고.

변광인이 그렇게 까였는데 나보고 사연팔이를 하라고요?
사람들 안 믿어요.
…
아니,
욕 먹어도 먹혀.

내가 먹히게 만들 수 있거든.
…벌써 늦었어요.
다음 주에 그걸 말한다고 해도 결승하는 주에 방송 나가잖아요.

그래 봤자…
결승은 2주 텀을 두고 준비해.
다음 주에 인터뷰하면 결승 경연하는 주에 방송이 나가.
실제 경연 날까지 이틀 정도 시간이 있어.
그 정도면 결승에 오는 시식단 민심을 잡기엔 좋은 타이밍이야.
아니면 지금 추가로 인터뷰 찍어.
결승 전 주에 나가는 방송에 붙여줄게.
가능성이 있어 보여서 하는 소리야.
어때.
1990

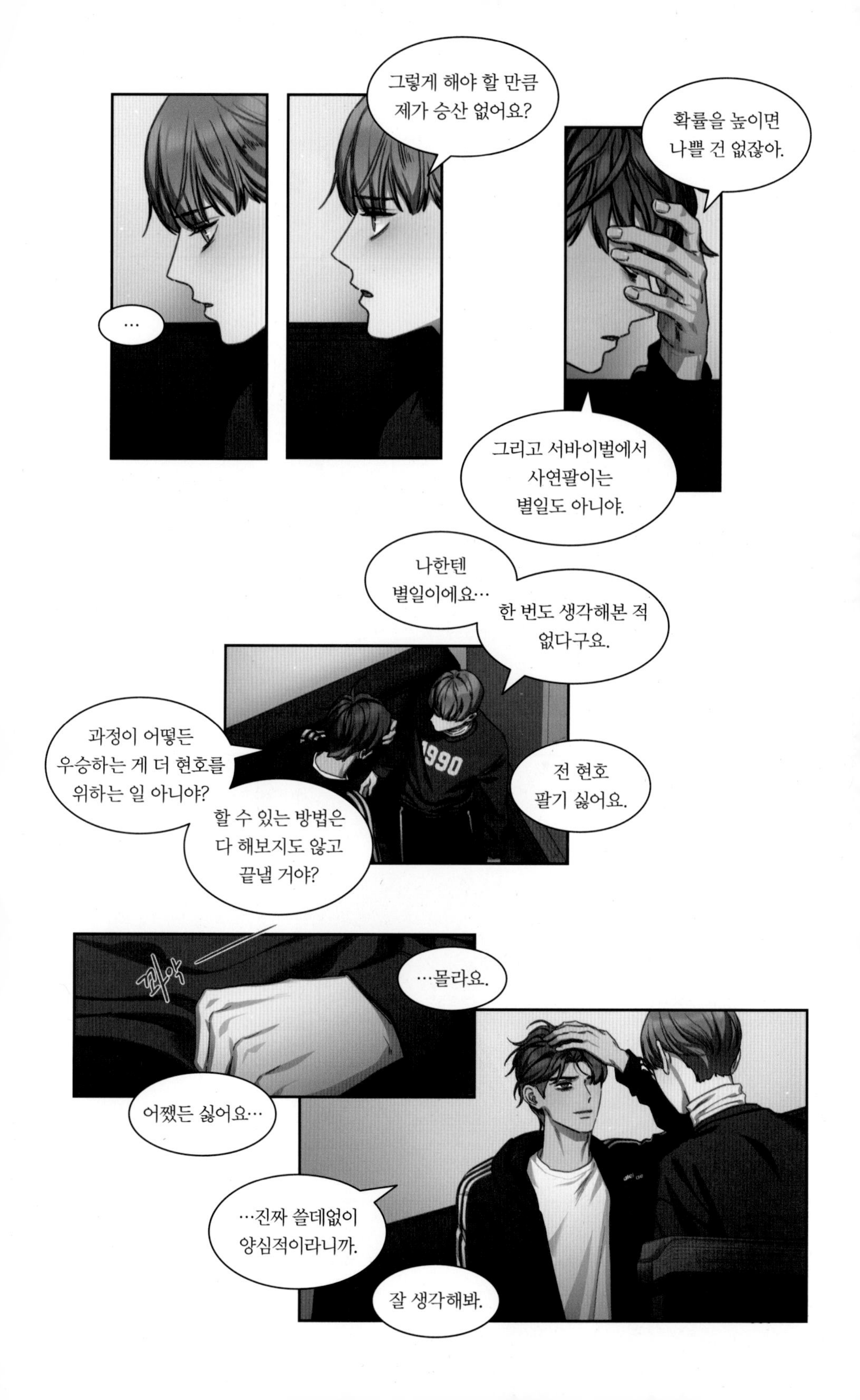
…
그렇게 해야 할 만큼
제가 승산 없어요?
확률을 높이면
나쁠 건 없잖아.
그리고 서바이벌에서
사연팔이는
별일도 아니야.
나한텐
별일이에요…
한 번도 생각해본 적
없다구요.
과정이 어떻든
우승하는 게 더 현호를
위하는 일 아니야?
할 수 있는 방법은
다 해보지도 않고
끝낼 거야?
전 현호
팔기 싫어요.
꽈악
…몰라요.
어쨌든 싫어요…
…진짜 쓸데없이
양심적이라니까.
잘 생각해봐.

업어줄까?
네?!

기분 풀어주고 싶어.
벌써 족쳐놓고…
근데 왜 업어줘요…
괜찮아요.
한번 업혀보지.
됐어요…

…
이거 내가 아끼는 건데 너 줄게.
alcidae
뒤적
집에 가면서 기분 안 좋으면 먹어.
쏙—

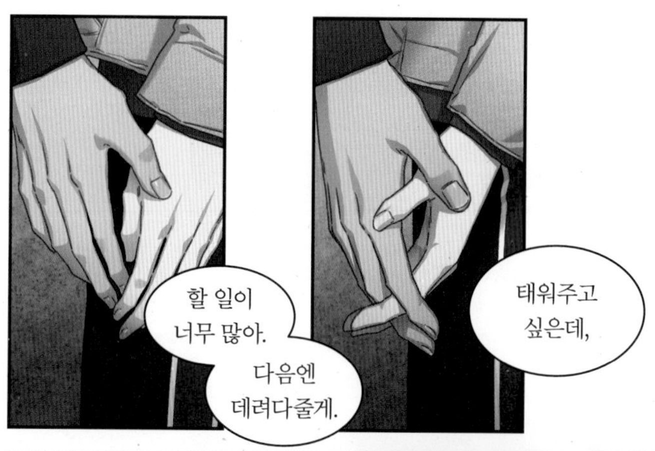
할 일이
너무 많아.
다음엔
데려다줄게.
태워주고
싶은데,

괜히 심각한 소리
해서 미안.
니 기분
잡치려던 거
아니야.
서바이벌
어떻게 될지
아무도 모르니까
하던 대로만
열심히 해.
너 요리 잘해.

그리고,
나같이 안목 있는
사람이 널 좋아하니까
자신감 가져.

알았어요…
갈게요…

(약간 기분 좋아짐)

가기 전에
뽀뽀해야지~!
아까 많이
했잖아…
그리고
누가 정한 거야…

왜 그래야
되ㄴ…
쪼
이게 더 좋다.

잘 가.

덜컹
덜컹—
10:10
고양이
아프잖아.
니가
여기 나온 이유도
그거고.
과정이 어떻든
우승하는 게
더 현호를 위하는 일
아니야?
할 수 있는 방법은
다 해보지도 않고
끝낼 거야?

…

뒤적
뭐야?!
홍삼 100
홍삼 100
늙은이야 뭐야…

함

존나 맛없어…!
홍삼 냄새도 존나 나!
할배 같아…

이게
무슨 냄새여?
당신 고새 또
사탕 까먹었어?!
이 영감이
빨리 가고 싶어
환장을 했나!
나 아니여!
이 할망구는
노망이 났나
애먼 사람을
잡고 그래!
이 정신 나간
영감아,
갈 거면
곱게 갈 것이지,
병 걸려서 못 볼 꼴
다 뵈고 가고 싶어!
나 아니라니까!
이제 귀도 맛이
갔나 벼!
누굴 보고
역정을 내!
눈치 본다고 쫄아서
다른 생각이 안 난다…
영감탱이 성질이
그따위니까
당뇨나 걸리지
…
이, 이 미친
할망구가!
정말 기분이 안 좋은 게
사라지긴…
하는구나…

빡ㅡ
우혁이도
아직 안 들어왔나 봐.
잘 놀고 있나…
삐리리ㅡ
비실
비실
너무
피곤해…
털
홍삼 냄새
나는데…
양치질
해야 되는데…
썩
쿨…
!
아,
양치질…!
벌떡

비비적
아,
이제 왔어…?
어.
그렇게 됐어…
넌 공부
다 했…
무슨 냄새야?
어르신 같은 냄새
나는데…
…홍삼 캔디
먹었어.
그런 걸
왜 먹어…
그냥…
갑자기
땡겨서…

…
왜 갑자기 홍삼 캔디를 먹었지?
맛대가리 없는 걸…
줘도 안 먹을 걸.
누가 줬길래 먹었지?
남아 있는 사람이 별로 없었을 텐데.
어디서 났을까.
누, 누가 줬어…
…
너 취했으니까 빨리 가서 자.
왜,
어르신 냄새가 나도 귀엽냐.

난 귀여운 게 아니라
멋있는 거야.
옷
갈아입을 수
있어?
자고
내일 얘기해.
아닌데…
내가,
내가 1등 해서
미안해.
결국
그 말을 해버렸냐…
…잘 자.
탁
자존심 상해.
…

나도 너한테
잘한 거 없으니까
일대일인 걸로 쳐.
1990
암

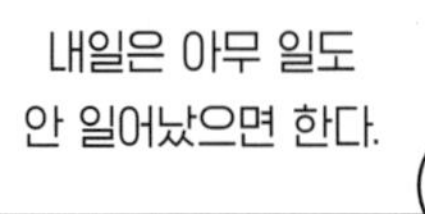
내일은 아무 일도
안 일어났으면 한다.
으윽

적응 안 돼…
존나 맛없어…

다음 날
치카
서치나 해볼까~
치카

치카

푸풉-
치

ㅇㅇ @sdjshfjsfhvjlfjrhw
정지호가 이종한 피디랑 밥먹은거 맞다는 증거 타래로 계속
또 시작이야?
하아…

하하
하하하
으하하하하
붕신들
나라는 미치광이를 만든 건 너네들이야~
자취요리왕 최우혁 여친증거
이쁜옷
또한 이걸로 끝이 아니란다.
큭큭
우리 오빠 어그로 끌리니까 금방 내리고
정지호 팬덤이 조작했다고 뒤집어 씌워야지~
깔깔
낄낄

으하하하하!
이건 또 언제 찍은 거야…
토독
000 @ooooooo0
@sdjshfjsfhvjlfjrhw님에게 보내는 답
지워라 너 누군지 안다
000 @ooooooo0
@sdjshfjsfhvjlfjrhw님에게 보내는
스텝들이랑 같이 먹었을 수도 있고
먹을 수도 있는 거 아닌가요?이거
겠네요…
다른 트윗 추가하기
그래도 다 같이 싸워주는군.
진짜 죽지도 않고 돌아오네.
질리지도 않나…
띵
누가 신고 먹이느라 바쁜데 문자를 해?
피디님
나 감기걸렸어
뭐야?!
어쩌라고…
피디님
나 감기걸렸어
홍삼 먹으세요
오늘 클래스대신 숙소 기습 인터뷰 하러 갈거야.
그걸 왜 지금 말하세요
말 안 했어? 아무튼 오늘 가
뭐야, 이 인간…
안 그래도 정신 없는데…

다시 신고나
먹이자 …

자취요리왕최우혁여친 @aaaaaaa
0000.00월 00일
0000.00월 00일 인스
증거
이쁜옷

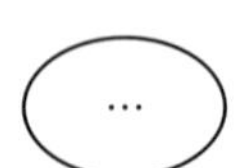
…

진짜가?
아니, 구라겠지.
끼익—
아니, 근데 진짜가?
탁
당연히 구라지…
그래, 구라야.
근데,
진짜일 수도 있잖아.
까득—

여친 있어서
저렇게 물 마시나…

여친 있어서
저렇게 쳐다보나…
뭘 꼴아봐?

뭐,

여친 있어서
술 취할 때만 착한가…
내 눈으로
내가 보는데 왜.

여친 있는데 나한텐 왜 그랬냐?
(있다고 안 함)

안녕하세요.
앤 왜?
콜록
우리 방은 끝나서 와봤어.
볼일도 있고.
이거 저쪽 숙소에 두고 갔더라.
아,
어디 있나 했더니…
뭐야~
나 없으면 어떡할 뻔했냐?
갈게~
연락해!
저쪽 숙소?
같이 있었어?
…
여친 있어서 다른 방에 놀러 가냐?

!

씨익

...

정리가 안 돼서…
THE FEATHER ROBBER
저건 요즘 읽는 책이에요.
00.00.00

그리고
여긴 정지호가 자던 자린데 지금은 다른 방으로 옮겼어요.

그런 소린 왜 해?!
그리고…
우르르
지호 방

저도 정리가 안 돼서…
REC
아,
이건 요즘 하는 게임인데요,
REC
좀 있다 길드 출첵해야 되는…
00.00.00
여긴 원래 관종이가 쓰던 방인데 제가 차지했답니다.

끝
뭐 이래…
비교만 되게…
이제 인터뷰하러 갑시다~

간단하게
준결승을 앞둔
소감이랑
각오 같은 거
물어볼 거고,
밸런스 게임 같은 거
해볼게요.
~
각오 한 마디~
하던 대로
열심히,
집중해서
요리하겠습니다.
명줄 빼고 다 바쳐서
요리하겠습니다.
서로에게
한 마디~

실수 안 하게
조심해.
어차피 질 건데
실수해서 지면
서럽잖아.
얼른
안구건조증 있다고
밑밥 깔아.
나한테 지고 울 때
덜 부끄럽게.
좋아!
그다음은
밸런스 게임
해볼게요.
질문을 미리
몇 개 준비했어요.
뇌를 비우고
순식간에 대답하세요.
그럼…

정지호부터?
네!
똥맛 카레
카레맛 똥
똥맛 카레
부랄 친구랑
키스하기
친구 부랄에
키스하기
부랄 친구랑
키스하기!

존잘노잼
존못존잼
존잘노잼!

연상
연하

연!

연…
연하든 연상이든
그 사람이 좋다면 아무런
상관이 없습니다.
그래도
무조건 하나를
골라야 하는데.
저는 사람을
나이로 판단하지
않습니다.
그 사람
자체로…
바다에 연상이랑 연하가
같이 빠졌을 때
한 명만 구해야 한다면?
저는…

안 구하면
빠져 죽어요.
뭐 하자는 거야…
하느님,
전 왜 이런 유치한
놈들만 붙나요…

한 살이라도
어린놈 구해야지.
Columbidae

어린놈도
어린놈 나름이지.

유교 국가에서
연장자를 죽게 내버려 두면
여론의 빈축을 살 거야.
아직 살 날이 많은
어린애를 죽게
내버려둘 거야?
비슷한 적이…

내 마음도 있어.
제 마음이
더 중요한데요.
맞는데요.
있었던 것 같은데…
아닌데.

넌 연하가
불쌍하지도 않아?
넌 따지고 보면
동갑이잖아…!

왜 이럴 땐 연하래…
역시 연상이 더 신경 쓰이는구나.
나이도 먹을 대로 먹은 인간이…!
연하를 더 좋아하잖아.
?
?
이차령
최근엔 연상이랑 더 가깝던데.
그래 봤자 잠시지.
연하랑 뭐가 더 많았잖아.
둘 다 그만해…
어디까지 말하려고…
그래 봤자 지난 일이지.

?
…
왜 조용해?
삐졌나?

울먹
…

연하요…
콜록
콜록
…다음 타자…
콜록-

엄마…
아빠…
엄마!^^
저 철없는 놈…
좋냐…
…
…
~!^^

연상…
연하…
연하^^
Columb
이 머리에 피도
안 마른 놈이…
수고하셨어요~
찜
울
갈게…

조심히
가세요~
그렇게 발랄할
일이야…?
지도 연하
골라놓고.
여친이
연한가…
확
SNS에
뭐가 올라왔는지도
모르나 봐.
뭐.
왜 쳐다봐.
내가 이중인격자랑
비게퍼 했다니…
넌 무슨 일이
있었는지도
모르지?
몰라.

홱
…

쾅!
트윗
이 트윗은 볼 수 없습니다.
없어졌네…
@aaaaaaa 님에게 보내
이런 짓 할 사람 정지호팬
하긴 누가 봐도
구라지.
000 @oooooo00
@aaaaaaa 님에게 보내는 답글
아무리 다른 참가자가 견제된다고 해도 이건
심하네요;;
근데
왜 내 팬이 한 게
되는 거지…
뭐가 어떻게…
돌아가는지…
연하^^
전혀…

띵 디링 딩—
띵 디링
화들
짝
피디님
휴대전화
딩 딩
왜,
왜, 왜…
왜 전화를 하고
그래…!
여보세요…?
왜, 왜요…?
안절
왜 전화했겠어?
부절
아니,
왜 거기서
기싸움을 하고
그래요…
제 입장에서
얼마나 곤란했는지
아세요?
스태프도
있는데…

아무튼 전 최대한
덜 난리 나는 쪽으로…
생각해봤어?
뭘요?
인터뷰.
아…
꾸깃
아직,
모르겠어요.
여전히
내키진 않아요…
이제 준결승이야.
시간 없으니까 결심이
서면 바로 연락줘.
네.
그리고,
?
연상 상처받았어.
뚝-

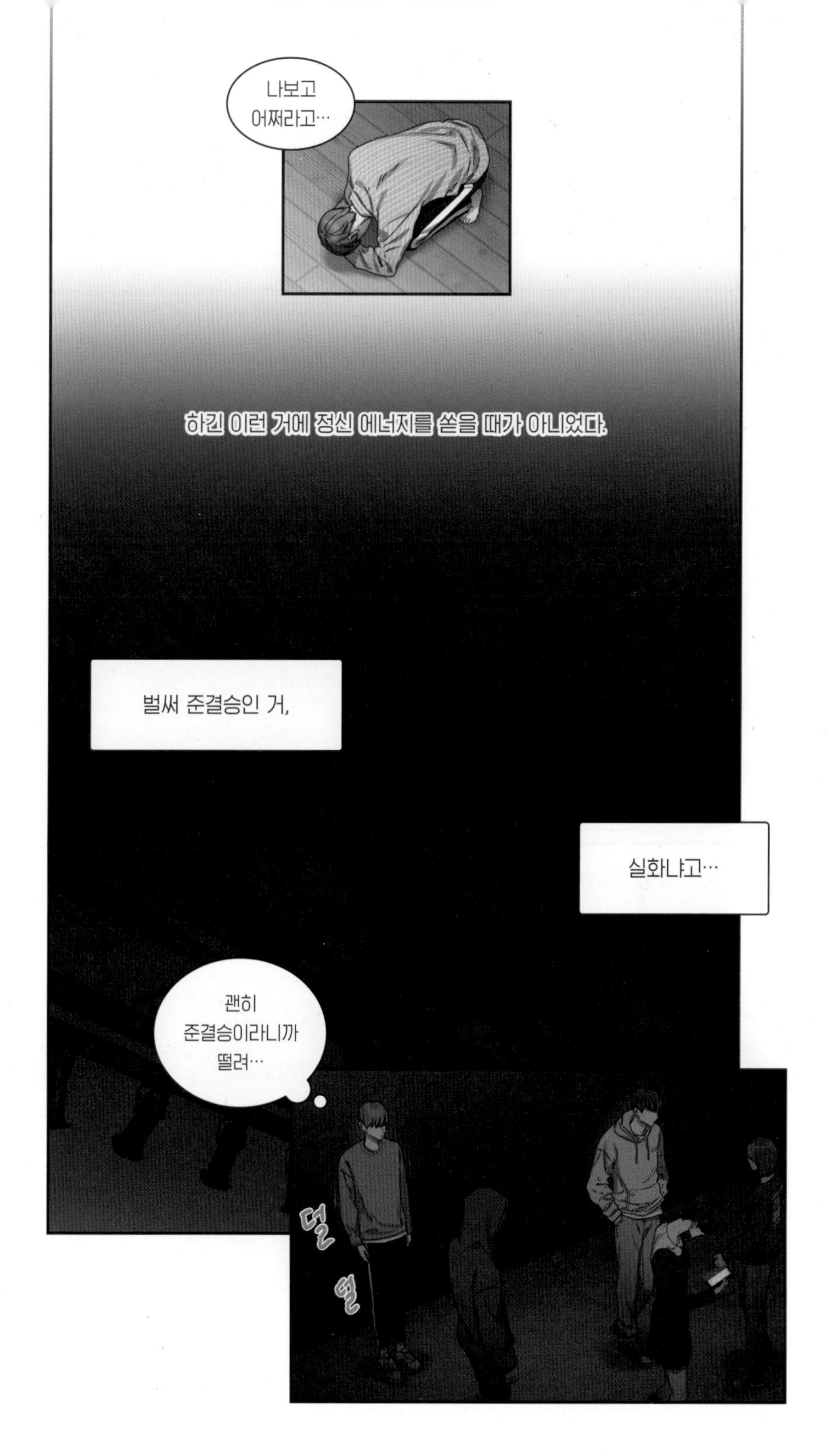
나보고
어쩌라고…
하긴 이런 거에 정신 에너지를 쏟을 때가 아니었다.
벌써 준결승인 거,
실화냐고…
괜히
준결승이라니까
떨려…
덜
덜

라고
말하려고 했지,
너.

잘할까?

니 맘대로 해.
잘할 거야.
계속 남아서
너 감시해야지.
진짜 어이없다.
고작 어제 연하 하나 찍었다고
기분 좋아진 거냐고.
동갑 주제에…
가끔 너무 단순해서
당황스러운 새끼.
꼬일 땐 존나 꼬였으면서,

한동안
꽁해 있더니
고작 그런 걸로…
줄까?
응.

ㅅㅂ
개초딩아!
대딩인데?
자.

먹어.

…

그래도 다행이야.

잘 봐바.
그 미친 애 또 안 온 것 같지?
그런 것 같아요.
두리번
두리번
벌써 준결승이라니…
이거 끝나면 얘네 어디서 보죠?
뭐 비하인드 같은 거 풀리지 않으려나.
인쓰타 하겠지.
그거 발굴하고…
근데 만약에
정지호랑 최우혁이 둘 다 결승에 가면요,
누구 찍을 거예요?
음…
우리가 찍는다고 우승하는 것도 아니고…
결승 방청 미끄러질 수도 있으니까.
그래도 전 지호.
난 우혁이.

갈조 님은요?
…
난 역시…
드디어!
자취요리왕 열한 번째 경연!
그 이름도 거창한 준결승의 날이 밝았습니다!
정말 놀라운 일이 아닐 수 없습니다.
여기 준결승에 진출한 TOP3 참가자들을 소개합니다!
최다 1위, 안정적인 실력의 우승 후보.
최우혁!
방심하는 순간 뒤통수를 치는
조용한 강자 이지연!
덜
덜
탈락자 결정전 무패 신화.

위기 상황에서
빛을 발하는,
일대일 승부의
절대강자, 정지호!
어쩌구
저쩌구
그럼
오늘의 주제를
공개하겠습니다!
제발
안 어려운 거…

드디어
등장했습니다.
라 면
말이 필요없는
그 음식.
모두의 영혼을
사로잡은,
거부할 수 없는
마력은 루시퍼 같은
그 음식.
라면입니다!

뭘 넣든,
무슨 방식이든
상관없습니다.
이건 내 거다.
완전 미쳤다.
가장 맛있는 라면을
끓여주십시오!
타
다
닷
촥
싱싱한
시원한 거
다 때려넣는 중
얼큰해서 땀을
철철 흘릴 만한 라면을
만들어주겠어.
탁
탁
탁
탁
달그락
달그락

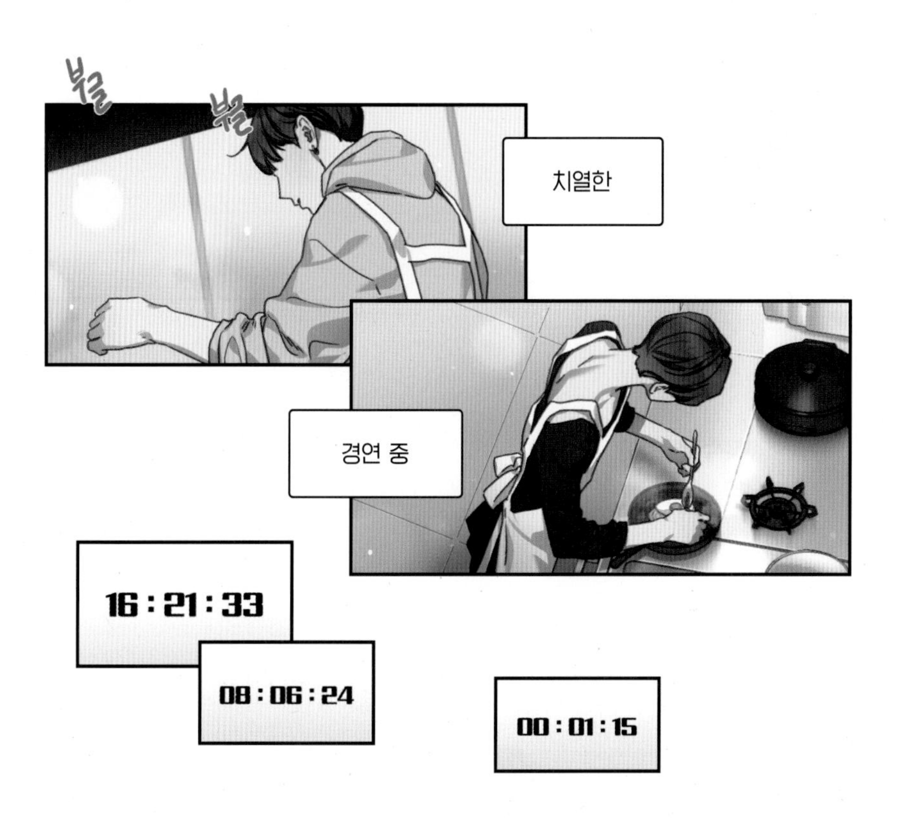
부글
부글
치열한
경연 중
16 : 21 : 33
08 : 06 : 24
00 : 01 : 15

요리 종료 후 심사

캬하아아아아~
셰프님 어제 술 드셨어요?
크하~
술도 안 했는데 이거 아주 속이 확 풀리는 느낌입니다.
맛있네요.
기본적으로 국물을 잘 내셨어요.

라면의
얼큰하고 자극적인 맛도
유지하면서,
깊은 육수 맛도
느껴지네요.
수고하셨습니다.
느낌이…
너무 좋은데…?
감사합니다.
(입꼬리 관리 안 됨)
그리고,
이번 경연의 1등은!
정지호
참가자입니다!
가,
진짜 1등을 해버렸다.
가, 가
감사합니다…!
준결승에서 1등을
차지했기 때문에
탈락자 결정전 없이
자동으로 결승에 진출하게
되었습니다.
가장 먼저 결승행이
결정된 감회가 남다를 것
같은데요.

지금의 기분을
오랜만에!
춤으로!
쿡-
표현해줄 수
있을까요?
네, 네?
춤은 그때
연습한 거 말곤 아는 게
없는데…
춤…
춤이라…
아!

있다…
아는 춤이…!
네!

♫~
♪♪
음악~
음악♪~

꿀렁
♫~
♪
철푸덕—
♬~
홱—
♫
꾸울렁~
꿀렁
♪
♬~
와아아~

한층 더 무르익은 댄스 실력,
농염하고 아름다운 몸짓이 가히 예술적입니다…!
덜
덜
결승에 대한 농후(?)한 의지가 보이는 듯합니다!
휴…
관종아… 니가 이럴 때 도움이 되는구나.

…

…

지호 씨 춤
잘 봤어요~
최고~
고맙습니다~!
너 내가 또 춤추면
사귀는 척 안 할 거라고
했던 거 기억하냐?
?
허접한 춤 추면
안 한다며.
고급지게
잘 췄는데?
...
1등 했네.
다행이야.

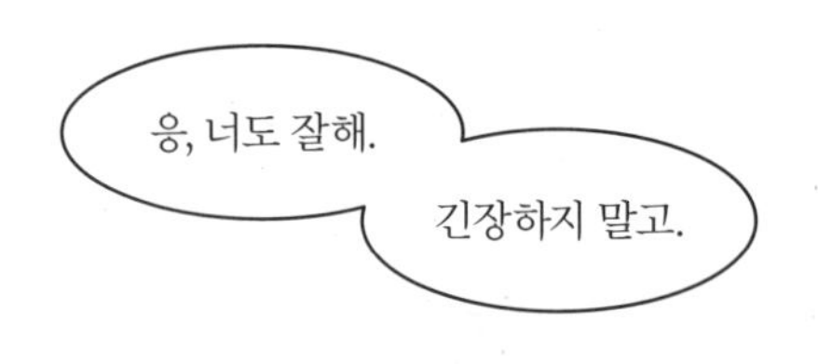

나 긴장 안 해.

?
Rufous Turtle Dove
Streptopelia orientalis

콜록
콜록

—
콜록
—

...
Rufous Turtle Dove
Streptopelia orientalis

하…

끼익

우혁…

덥썩
가지 마.
네?
가서 어쩌게?
무슨 말을 하게?
가서
니 마음만 더 불편하게
만들 거야?
몰라요…
그래도 어떻게
안 가요…

안 갔으면
좋겠는데.

아…

죄송,
죄송해요.
뒤적

3권에서
계속